衝出雲圍的月亮

—— 在革命的月光下，女性的自我價值與生之意義 ——

蔣光慈　著

時代巨輪下的挑戰、命運的驟變、信仰的崩解
革命愛情的浪漫激情，女性視角的幻滅與希望。

「這月亮曾一度被烏雲所遮掩住了，
現在它衝出了重圍，仍是這般地皎潔，仍是這般地明亮！」

目錄

目錄

一

上海是不知道夜的。

夜的帳幕還未來得及展開的時候，明亮而輝耀的電光已照遍全城了。人們在街道上行走著，遊逛著，擁擠著，還是如在白天裡一樣，他們毫不感覺到夜的權威。而且在明耀的電光下，他們或者更要興奮些，你只要一到那三大公司的門前，那野雞會集的場所四馬路，那熱鬧的遊戲場……那你便感覺到一種為白天裡所沒有的緊張空氣了。

不過偶爾在一段什麼僻靜的小路上，那裡稀少的路燈如孤寂的鬼火也似地，半明不暗地在射著無力的光，在屋宇的角落裡滿布著彷佛要躍躍欲動也似的黑影，這黑影使行人本能地要警戒起來：也許那裡隱伏著打劫的強盜，也許那裡躺著如鬼一般的行

一

乞癟三，也許那裡就是鬼……天曉得！……在這種地方，那夜的權威就有點向人壓迫了。

曼英每次出門必定要經過C路，而這條短短的C路就是為夜的權威所達到的地方。在白天裡，這C路是很平常的，絲毫不令人發生特異的感覺，可是一到晚上，那它的面目就完全變為烏黑而可怕的了。曼英的膽量本來是很大的，她曾當過女兵，曾臨過戰陣，而用手上也曾濺過人血……但不知為什麼當她每晚一經過這C路的時候，她總是有點毛髮悚然，感覺著不安。照著許多次的經驗，她本已知道那是不會有什麼危險的事情發生的，但是她的本能總是警戒著她：那裡也許隱伏著打劫的強盜，也許那裡躺著如鬼一般的行乞的癟三，也許那裡就是鬼……天曉得！

曼英今晚又經過這條路了。她依舊是照常地，不安地感覺著，同時她的理智又譏笑她的這種感覺是枉然的。但是當她走到路中段的時候，忽然聽見一種嗯嗯的如哭泣著也似的聲音，接著她便看見了那牆角裡有一團黑影在微微地移動。她不禁有點害怕起來，想迅速地跑開；但是她的好奇心使她停住了腳步，想近前去看一看那黑影到底是什麼東西，是人還是鬼。她壯一壯膽子，便向那黑影走去。

「是誰呀？」她認出了黑影是一個人形，便這樣厲聲地問。

那黑影顯然是沒有覺察到蔓英的走近，聽見了曼英的發問，忽然大大地戰動了一下，這使得曼英嚇退了一步。但她這時在黑暗中的確辨明了那黑影是個人，而且是一個小孩子模樣，便又毅然走近前去，問道：

「你是誰呀？在此地幹嘛？」

曼英沒有聽見回答，但聽見那黑影發出的哭聲。這是一個小姑娘的哭聲……這時恐懼心、好奇心，都離開曼英而去了，她只感覺得這哭聲是異常地悲哀，是異常地可憐，又是異常地絕望。她的一顆心不禁跳動起來，這跳動不是由於恐懼，而是由於一種深沉的同情的刺激……

曼英摸著了那個正在哭泣著的小姑娘的手，將她慢慢拉到路燈的光下，仔細地將她一看，只見她有十三四歲的模樣，圓圓的面孔，眼睛哭腫得如紅桃子一般，為淚水所淹沒住了，她的右手正揩著腮龐的淚水……她低著頭，不向曼英望著……她的頭髮很濃黑，梳著一根短短的辮子……穿著一身破舊的藍布衣……

一

「這大概是哪一家窮人的女兒……工人的女兒……」曼英這樣想著，仍繼續端詳這個不做聲的小姑娘的面貌。

「你為什麼哭呢，小姑娘？你叫什麼名字，姓什麼？」曼英這樣開始很溫和地問她，她大約由這一種溫和的話音裡，感覺到曼英不是一個壞人，至少不是她的那個狠毒的姑媽，慢慢地抬起頭來，向曼英默默地看了一會，似乎審視曼英到底是什麼人物也似的，是好人呢還是壞人，可以不可以向這個女人告訴自己的心事……她看見曼英是一個女學生的裝束，滿面帶著同情的笑容，那兩眼雖放射著很尖銳的光，但那是很和善的……她於是很放心了，默默地又重新將頭低下。曼英立著不動，靜待著這個小姑娘的回答。

忽然，小姑娘在曼英的前面跪下來了，雙手緊握著曼英的右手，如神經受到很大的刺激也似的，顫動著向曼英發出低低的，悽慘的聲音：

「先生！小姐！……你救我……救我……他們要將我賣掉，賣掉……我不願意呵！……救一救我！……」

曼英見著她的那種淚流滿面的，絕望的神情，覺得心頭上好像被一根大針重重地刺了一下。

「哪個要把你賣掉呢？」曼英向小姑娘問了這末一句，彷彿覺得自己的聲音也在顫動了。

「就是他們……我的姑媽，還有，我的姑父……救一救我罷！好先生！好小姐！……」

曼英不再問下去了，很模糊地明白了是什麼一回事，她一時地為感情所激動了，便冒昧地將小姑娘牽起來，很茫然地將她引到自己的家裡，並沒計及到她是否有搭救這個小姑娘的能力，是否要因為此事而生出許多危險來……她將小姑娘引到自己的家裡來了。

那是一間如鳥籠子也似的亭子間，然而擺設得卻很津致。一張白毯子鋪著的小小的鐵床，一張寫字臺，那上面擺著一個很大的鏡子及許多書籍……壁上懸著許多很美麗的畫片……在銀白色的電光下，這一間小房子在這位小姑娘的眼裡，是那樣地雅潔，是那樣地美觀，彷彿就如曼英的本人一樣。一進入這一間小房子裡，這位小姑娘便利用幾秒鐘的機會，又將曼英，即她的救主，重新端詳一遍了。曼英生著一個橢圓的白淨的面孔，在那面孔上似乎各部分都勻稱，鼻樑是高高的，眼睛是大而美麗，口是那樣地小，那口唇又是那樣地殷紅……在她那含著淺愁的微笑裡，又顯得她是如何地和善而多情……雅素無花的紫色旗袍正與她的身分相稱……小姑娘從前不認識她，即現在也還不知道她的姓名，然而隱隱地覺著，這位小姐是不會害她的……

曼英叫小姑娘與自己並排地向床上坐下之後，便很溫存地，如姐姐對待妹妹，或是如母親對待女兒一樣，笑著問道：

「你姓什麼，叫什麼名字？」

「我姓吳，我的名字叫阿蓮。」小姑娘宛然在得救了之後，很安心地這樣說著了。不過她還是低著頭，不時地向那床頭上掛著的曼英的照片瞟看。曼英將她的手拿到自己的手裡，撫摸著，又繼續地問道：

「你的姑媽為什麼要將你賣掉？你的媽媽呢？爸爸也願意嗎？」

「我的爸爸和媽媽……都死了……」小姑娘又傷心地哭起來了，兩個小小的肩頭抽動著。淚水滴到曼英的手上，但是曼英為小姑娘的話所牽引著了，並沒覺察到這個。

「別要哭，好好地告訴我。」曼英安慰著她說道。「你的爸爸和媽媽死了很久嗎？他們是怎樣死的？你爸爸生前是幹什麼的？……別要哭，好好地告訴我。」

小姑娘聽了曼英的話，眼見得用很大的力量將自己的哭聲停住了。她將手從曼英的手裡拿開，從腰間掏出一塊小小的滿布著汙痕的方巾來，將眼睛拭了一下，便開始為曼英述說她那爸爸和媽媽的事來。這小姑娘眼見得是很聰明的，述說得頗有秩序。曼英一面注視著她的那隻小口的翕張，一面靜聽著她所述說的一切，有時插進去幾句問話。

「爸爸和媽媽死去已有半年多了。爸爸比媽媽先死。爸爸是在閘北通裕工廠做生活的，那個工廠很大，你知道嗎？媽媽老是害著病，什麼兩腿臃腫的病，腫得那麼粗，不得動。一天到晚老是要我服侍她。爸爸做生活，賺錢賺得很少，每天的柴米都不夠，你看，哪有錢給媽媽請醫生治病呢？這樣，媽媽的病老是不得好，爸爸也就

一

老是不開心。他整日地怨天怨地，不是說命苦，就是說倒楣。有時他會無緣無故地罵起我來，說我為什麼不生在有錢的人家……不過，他是很喜歡我的呢，他從來沒打過我。他不能見著腫了腿的媽媽，一見著就要嘆氣。媽媽呢，只是向我哭，什麼命苦呀，命苦呀，一天總要說得幾十遍。我是一個小孩子，又有什麼方法想呢？……」

「去年有一天，在閘北，街上滿滿地都是工人，列著隊，喊著什麼口號，聽說是什麼示威運動……我也說不清楚那到底是一回什麼事情。爸爸這一天也在場，同著他們喊什麼打倒……打倒……他已經是上了年紀的人，為什麼也要那樣子呢？我不曉得。後來不知為著什麼，突然間來了許多兵，向著爸爸們放起槍來……爸爸便被打死了……」

阿蓮說到此地，不禁又放聲哭起來了。曼英並沒想勸慰她，只閉著眼想像著那當時的情形……

「小姐，請你告訴我，他們為什麼要把我的爸爸打死了呢？他是一個很老實的人，又沒犯什麼法……」阿蓮忽然停住了哭，兩眼放著熱光，很嚴肅地向曼英這樣問著說，曼英一時地為她所驚異住了。兩人互相對視了一會，房間中的一切即時陷入到沉重的靜默空氣裡。後來曼英開始低聲地說道：

「你問我為什麼你的爸爸被打死了嗎？因為你的爸爸想造反……因為你們的日子過得太不好了，你的媽媽沒有錢買藥，請醫生，你沒有錢買布縫衣服……他想把你們的日子改變得好些，你明白了嗎？可是這就是造反，這就該打死……」

「這樣就該打死嗎？這樣就是犯法嗎？」阿蓮更將眼光向曼英逼射得緊了，彷彿她在追問著那將她的爸爸殺死了的劊子手也似的。曼英感覺到一種沉重的心靈上的壓迫，一時竟回答不出話來。

「這樣就該打死嗎？這樣就是犯法嗎？」阿蓮又重複地追問了這末兩句，這逼得曼英終於顫動地將口張開了。

「是的，我的小姑娘，現在的世界就是這樣的……」

阿蓮聽了曼英的答案，慢慢地低下頭來，沉默著不語了。這時如果曼英能看見她的眼光，那她將看見那眼光是怎樣地放射著絕望，悲哀與懷疑。

曼英覺得自己的答案增加了阿蓮的苦痛，很想再尋出別的話來安慰她，但是無論

一

如何找不出相當的話來。她只能將阿蓮的頭抱到自己的懷裡，撫摸著，溫聲地說道：

「呵，小妹妹，我的可憐的小妹妹……」

阿蓮沉默著受她的撫慰。在阿蓮的兩眼裡這時沒有淚潮了，只射著枯燥的，絕望的光。她似乎是在思想著，然而自己也不知道她所思想的是什麼……

忽然曼英想起來阿蓮的述說並沒有完結，便又向阿蓮提起道：

「小妹妹，你爸爸是被打死的，但是你媽媽又是怎樣死的呢？你並沒有說完呀。」

阿蓮始而如沒聽著也似的，繼而將頭離開曼英的懷裡，很突然地面向著曼英問道：

「你問我媽媽是怎樣死的嗎？」

曼英點一點頭。

阿蓮低下頭來，沉吟了一會，說道：

「媽媽一聽見爸爸死了，當晚趁著我不在跟前的時候，便用剪刀將自己的喉管割斷了……當我看見她的時候，她死得是那樣地可怕，滿臉都是血，睜著兩個大的眼睛……」

阿蓮用雙手將臉掩住了，全身開始顫動起來，眼見得她又回想到當時她媽媽自殺的慘象。她並沒有哭，然而曼英覺得她的一顆心比在痛哭時還要顫動。這樣過了幾分鐘，曼英又重複將她的頭抱到懷裡，撫摸著說道：

「小妹妹，別要這樣呵，現在我是你的姐姐了，諸事有我呢，別要傷心罷！」

阿蓮從曼英的懷裡舉起兩眼來向曼英的面孔望著，不發一言，似乎不相信曼英所說的話是真實的。後來她在曼英的表情上，確信了曼英不是在向她說著謊言，便低聲地，如小鳥哀鳴著也似地，說道：

「你說的話是真的嗎？你真要做我的姐姐嗎？但是我是一個很窮的女孩子呢……」

「我也是同你一樣地窮呵。」曼英笑起來了。「從今後你就住在我這裡，喊我做姐姐好嗎？」

阿蓮的臉上有點笑容了，默默地點點頭。曼英見著了她的這種神情，也就不禁高興起來，感覺到很大的愉快。這時窗外響著賣餛飩的梆子聲，這引起了曼英的一種思想：這位小姑娘大概沒有吃晚飯罷，也許今天一天都沒有吃飯……

「小妹妹，你肚子餓嗎？」

阿蓮寒著羞答道：

「是的，我從早就沒有吃飯。」

於是曼英立起身來，走出房去，不多一會兒就端進一大碗餛飩來。阿蓮也不客氣，接過來，伏在桌子上，便一氣吃下肚裡。曼英始而呆視著阿蓮吃餛飩的形狀，繼而忽然想道：「她原來是從人家裡逃出來的，他們難道說不來找她嗎？如果他們在我的家裡找到她，那他們不要說我是拐騙嗎？……這例如何是好呢？」於是曼英有點茫然了，心中的愉快被苦悶占了位置。她覺著她不得不救這個可憐的，現在看起來又是很可愛的小姑娘……她已經把這個小姑娘當做自己的小妹妹了，但是……如果不幸而受了連累……

曼英不禁大為躊躇起來了。「怎麼辦呢？」這個問題將她陷入於困苦的狀態。而且她一瞬間又想起來了自身的身世，那就是她也是被社會踐踏的一個人，因此她恨社會，恨人類，希望這世界走入於毀滅，那時將沒有什麼幸福與不幸福，平等與不平等的差別了，那時將沒有了她和她一樣被侮辱的人們，也將沒有了那些人面獸心的，自私自利的魔鬼……那時將一切都完善，將一切都美麗……不過在這個世界未毀滅以前，她是不得將她的恨消除的，她將要報復，她將零星地侮辱著自己的仇人。而且，她想，人類既然是無希望的，那她再不必憐憫任何人，也不必企圖著拯救任何人，因為這是無益的，無意義的呵……現在她貿然地將這個小姑娘引到自己的家裡，這是不是應該的呢？具著這種思想的她，是不是有救這個小姑娘的必要呢？不錯，從前，她是曾為過一切被壓迫的人類而奮鬥的，但是，現在她是在努力著全人類的毀滅，因此，她不應再具著什麼憐憫的心情，這就是說，她現在應將這個小姑娘再拉到門外去，再拉到那條惡魔的黑街道讓她哭泣。

這些思想在曼英的腦中盤旋著不得歸宿……她繼續向吃餛飩的阿蓮呆望著，忽然看見阿蓮抬起頭來，兩眼射著感激的光，向曼英微笑著說道：

「多謝你，姐姐！我吃得很飽了呢。」

這種天真的小姑娘的微笑，這種誠摯的感激的話音，如巨大的霹靂也似的，將曼英的腦海中所盤旋著的思想擊散了。不，她是不能將這個小活物拋棄的，她一定要救她！……

曼英不再思想了，便接著阿蓮的話向她問道：

「你吃飽了嗎？沒有吃飽還可以再買一碗來。」

「不，姐姐，我實在地吃飽了。」

因為吃飽了的原故，阿蓮的神情更顯得活潑些，可愛些。曼英又默默地將她端詳了一會，愉快的感覺不禁又在活動了。

曼英的臉上波動著愉快的微笑……

這時，從隔壁的人家裡傳來了鐘聲，——地響了十一下……曼英驚愕了一下，連忙將手錶一看，見正是十一點鐘了，不禁露出一點不安的神情。她想道，「今晚本是同錢培生約好的，他在S旅館等我，叫我九點半鐘一定到。可是現在是十一點鐘了，我去還是不去呢？若要去的話，今夜就要把這個小姑娘丟在房裡，實在有點不妥當……得了，還是不去，等死那個雜種！買辦的兒子！……」

於是曼英不再想到錢培生的約會，而將思想轉到阿蓮身上來了。這時阿蓮在翻著寫字臺上的畫冊，沒有向曼英注意，曼英想起「他們要把我賣掉」一句話來，便開口向阿蓮問道：

「阿蓮，你說你的姑媽要將你賣掉，為什麼要將你賣掉呢？你今晚是從她家裡跑出來的嗎？」

正在出著神，微笑著，審視著畫片——那是一張畫著飛著的安琪兒的畫片——的阿蓮，聽見了曼英的問話，笑痕即刻從臉上消逝了，現出一種苦愁的神情。沉吟了一會，她目視著地板，慢聲地說道：

「是的，我今晚是從我的姑媽家跑出來的。爸爸和媽媽死後，姑媽把我收在她的家裡。她家裡是開裁縫鋪子的。起初一兩個月，她和姑父待我還好，後來不知為什麼漸漸地變了。一家的衣服都叫我洗，我又要掃地，又要燒飯，又要替他們倒茶拿煙……簡直把我累死了。可是我是一個沒有父母的人又有什麼法子想呢？只好讓他們糟踏我……我吃著他們的飯呀……不料近來他們又起了壞心思，要將我賣掉……」

「要將你賣到什麼地方去呢？」曼英插著問了這末一句。

「他們要把我賣到堂子裡去，」阿蓮繼續著說道，「他們只當我是一個小孩子，不知事，說話不大避諱我，可是我什麼都明白了。就在明天就有人來到姑媽家領我……我不知道那堂子是怎樣，不過我聽見媽媽說過，那吃堂子的飯是最不好的事情，她就是餓死，也不願將自己的女兒去當婊子……那賣身體是最下賤的事情！……我記得媽媽的話，無論怎樣是不到堂子裡去的。我今天趁著他們不防備便跑出來了……」

這一段話阿蓮說得很平靜，可是在曼英的腦海中卻掀動了一個大波。「那吃堂子的飯是最不好的事情……那賣身體是最下賤的事情……」這幾句話從無辜的，純潔的阿蓮的口中發出來，好像棒錘一般，打得她的心痛。這個小姑娘是怕當妓女才跑出來的，才求她搭救……而她，曼英，是怎樣的人呢？是不是妓女？是不是在賣身體？若是的，那麼，她在這位小姑娘的眼中，就是最下賤最不好的人了，她還有救她的資格嗎？如果阿蓮知道了此刻立在她的面前的人，就是答應要救她的人，就是那最下賤的婊子，就是那賣身體的人，就是她所怕要充當的人，那她將要有如何表示呢？那時她的臉恐怕要嚇變了色，她恐怕即刻就要呼號著從這間小房子跑出去，就使曼英用盡生平的力氣也將她拉不轉來⋯⋯那該是一種多麼可怕的景象呵！曼英將一個人孤單地留在自己的房裡，受了阿蓮的裁判，永遠地成為一個最下賤的人！這裁判比受什麼酷刑都可怕！⋯⋯不，無論如何，曼英不能向阿蓮告訴自己的本相，不能給她知道了真情。什麼事情都可以，但是這⋯⋯這是絕對不可以的！曼英這時不但不願受阿蓮的裁判，更不願阿蓮離她而去。

但是曼英是不是妓女呢？是不是最下賤的人呢？曼英自問良心，絕對地不承認，不但不承認，而且以為自己是現社會最高貴的人，也就是最純潔的人。不錯，她現在是出賣著自己的身體，然而這是因為她想報復，因為她想借此來發泄自己的憤恨。當她覺悟到其它的革命的方法失去改造社會的希望的時候，她便利用著自己的女人的肉體來作弄這社會⋯⋯這樣，難道能說她是妓女，是最下賤的人嗎？如果阿蓮給了曼英這種裁判，那只是阿蓮的幼稚的無知而已。

但是阿蓮的裁判對於曼英究竟是很可怕，無論如何，她是不願受阿蓮的裁判的。那錢培生，買辦的兒子，或者其他什麼人，可以用槍將曼英打死，可以將曼英痛擊，

一

這曼英都可以不加之稍微的注意，但她不願意阿蓮當她是一個不好的人，不願意阿蓮離她而去，將她一個人孤單地，如定了死刑也似地，留在這一間小房裡。不，什麼都可以，但是這……這是不可以的！

曼英不預備將談話繼續下去了。她看見阿蓮只是打呵欠，知道她是要睡覺了，便將床鋪好，叫阿蓮將衣解開睡下。阿蓮在疲倦的狀態中，並沒注意到那床是怎樣地潔淨，那被毯是怎樣地柔軟，是為她從來所沒享受過的。小孩子沒有多餘的思想，她向床上躺下，不多一會兒，便呼呼地睡著了。

阿蓮覺著自己得救了，不會去當那最下賤的婊子……她可以安心睡去了。曼英立在床邊，看著她安靜地睡去，接著在那小姑娘的臉上，看見不斷地流動著天真微笑的波紋，這使得曼英恍惚地憶起來一種什麼神聖的、純潔的，曾為她的心靈所追求著的憧憬……這又使得曼英憶起來自己的童年，那時她也是這麼樣一個天真的小姑娘，也許在睡覺時也是這樣無邪地微笑著……也許這躺著的就是她自己，就是她自己的影子……

曼英於是躬起腰來，將頭伸向阿蓮的臉上，輕輕的，溫存地，微笑著吻了幾吻。

二

窗外的雨淅瀝地下著，那一種如怨如訴的音調，在深夜裡，會使不入夢的人們感覺到說不出的，無名緊張的淒苦，會使他們無愁思也會發生出愁思來。如果他們是被屏棄者，是生活中的失意者，是戰場上的敗將，那他們於這時會更感到身世的悲哀，頻頻地要溫起往事來。

今夜的曼英是為這雨聲所苦惱著了……從隔壁傳來了兩下鐘聲，這證明已是午夜兩點鐘的辰光了，可是她總是在床上翻來覆去睡不著。她本想按去一切的思想，但是思想如潮水一般，在她的腦海裡激盪，無論如何也擯去不了。由阿蓮的話所引起來的思想，雖然一時地被曼英所收束了，可是現在又活動起來了，它就如淅瀝的雨一點一點地滴到地她的心窩也似的，使得那心窩顫動著不安。她是不是在做著妓女的勾當

二

呢？她是不是最下賤的賣身體者呢？呵，如果此刻和她睡在一張床上的小姑娘，從半夜醒來，察覺到了她的祕密，而即驚慌地爬起身來逃出門去，那該是多麼樣地可怕，多麼樣地可怕……

曼英想到此處，不禁打了一個寒噤。一方面她在意識上不承認自己是無知的妓女，不承認自己是最下賤的賣身體者，但是在別一方面，當她想起阿蓮的天真的微笑，聽著她的安靜的鼾聲的時候，她又彷彿覺得她在阿蓮面前做了一件巨大的，不可赦免的罪過……唉，這是怎麼一回事呢？最討厭的思想呵！

她知道，如果在一年以前，當她為社會的緊張的潮流，那一種向上的、熱烈的，充滿著希望的氛圍所陶醉，所擁抱著的時候，那她將不會在這個小姑娘面前發生絲毫的慚愧的，不安的，苦惱的感覺，那她將又是一樣地把持著自己。但是現在……現在她似乎和從前的她是兩個人了，是兩個在精神上相差得很遠的人了……雖然曼英有時嘲笑自己從前的痴愚，那種枉然的熱烈的行為：社會是改造不好的，與其幻想著將它改造，不如努力著將它破毀！……這是曼英現在所確定了的思想。她不但不以為自己比從前壞，而且以為自己要比從前更聰明了。但是現在在這個無知的小姑娘面前，她忽然生了慚愧和不安的感覺，似乎自己真正有了點不潔的樣子，似乎現在的聰明的她，總有點及不上那一年前的愚痴的女兵。這到底是怎麼一回事呢？唉，苦惱呵！……曼英幾乎苦惱得要哭起來了。

她慢慢地回想起來了自己的過去。

那是春假期中的一天下午。家住在省城內和附近的同學們都回家去了，在校中留下的只是從遠處來的學生。曼英的家本是住在城內的，可是在放假的第一天，她並不打算回家，因為她等待著她的男友柳遇秋自H鎮的來信，她計算那信於這一天一定是可以到的。果然，那信於那一天下午帶著希望、情愛和興奮投到曼英的手裡了。

信中的大意是說，「我的親愛的妹妹！此間真是一切都光明，一切都是活生生的現象……軍事政治學校已經開學了，你趕快來罷，再遲一點兒，恐怕就要不能進去了！那時你將會失望……來罷，來罷，趕快地來！……」

這一封信簡直是一把熱烈的情愛的火，將曼英的一顆心在歡快的激盪中燃燒起來了。她由這封信開始幻想起那光明的將來：她也許會如那法國的女杰一般，帶著英勇

二

戰士的隊伍，將中國從黑暗的壓迫下拯救出來……要不然，她也可做一個普通的忠實的戰士，同群眾們歌唱著那勝利的凱歌。至於柳遇秋呢？……她愛他，從今後他們可以在一起做著光明的事業了，將時常談話，將時常互相領略著情愛的溫存……然而，曼英那時想道，這是末一層了。

曼英將柳遇秋的信反覆地讀了幾遍，不禁興奮得臉孔泛起紅來，似乎全身的血液都沸騰起來了的樣子。她連忙跑到她的好友楊坤秀的房裡，不顧楊坤秀在與不在，便老遠地喊起來了：

「坤秀！坤秀！來，我的好消息到了！……」

正在午睡的坤秀從夢中醒來，見著歡欣地紅著臉的曼英立在她的床前，不禁表現出無限的驚愕來：

「什麼事情，這樣地亂叫？！得到寶貝了嗎？」

「比得到寶貝還緊要些呢！」曼莫高興地笑著說。於是她向坤秀告訴了關於柳遇秋的信，她說，她決定明天就動身到H鎮去……

「坤秀，你要知道這是千載一時的機會呵！我非去不可！」她這樣地補著說。

楊坤秀，一個年紀與曼英相仿的胖胖的姑娘，聽了曼英的話之後，腮龐現出兩個圓圓的酒窩來，不禁也興奮起來了。

「我可以和你同去嗎？」坤秀笑著這樣堅決地問。

「你真的也要去嗎？那就好極了！」曼英喜歡得跳起來了。「你不會說假話嗎？」曼英又補著反問這麼一句。

「誰個和你說假話來！」

這最後的一句話是表明著坤秀是下了決心的了，於是曼英開始和她商量起明天動身的計劃來。初次出門，兩個女孩兒家，是有許多困難的，然而她們想，這又有什麼要緊呢？出門都不敢，還能去和敵人打戰嗎？現在應當是女子大著膽去奮鬥的時代了。……

當晚她回到自己的家裡。快要到六十歲的白髮的母親見著曼英回來了，依舊歡欣地向她表示著溫存的慈愛。哥哥不在家裡，不知到什麼地方去了，曼英也沒有問起。

二

在和母親談了許多話之後（她沒有告訴她要到Ｈ鎮去當女兵去呵！），她走到自己的小小的房間裡，那小房間內的一切，在綠色燈傘的電光下，依舊照常地歡迎著它們的主人，向它們的主人微笑……你看那桌子上的瓶花，那壁上懸著的畫片，那為曼英所心愛的一架白膠鑲著邊的鏡子……但是曼英明天要離它們而去了，也許是永遠地要離它們而去了。曼莫能不動物主之感嗎？她是在這間房子內度著自己青春的呵！……然而曼英這時的一顆心只系在柳遇秋的一封信上，也許飛到那遙遠的Ｈ鎮去了，並沒曾注意到房間內的一切的存在。因之，她一點兒傷感的情懷都沒有，僅為著那迷茫的，在她這時以為是光明的將來所沉醉著了。

她將幾件零用的東西收拾了一下。將路費也藏收好了……

如果在雨聲淅瀝的今夜，曼英苦惱著，思想起來自己的過去，則在那當她要離家而赴Ｈ鎮的前夜，可以說她的思想完全消耗到對於自己的將來的描寫了。那時她的心境是愉快的，是充滿著希望的，是光明的，光明得如她所想像著的世界一樣。不錯，曼英還記得，那時她一夜也是未有入夢，像今夜的輾轉反側一樣，但是那完全是別一滋味，那滋味是甜蜜的，濃郁的。

第二天，天剛發亮，她就從床上起來了。她和坤秀約好了，要趕那八點半鐘的火車……母親見她起得這樣早，不免詫異起來：

「英兒，你為什麼這樣早就起來了呢！學校不是放了假嗎？」

「有一個同學今天動身到H鎮去，我要去送她的行呢。」曼英見著她的衰老的老母親的一副可憐的形容，雖然口中很活像地扯著謊，可是心中總有點難過。她覺著自己的眼眶內漸漸要湧起淚潮來。但是她忍著心轉而一想，「匈奴未滅，何以家為！……」便即忙地走出家門，不再向她的母親回顧了。

……她們終於上了火車。在三等的車廂中，人眾是很擁擠著，曼英和坤秀勉強地得到了一個座位。她伏著窗口，眺望那早晨的、清明的、綠色的原野，柔軟春天的風一陣一陣地吹到她的面孔上，吹散了她的頭髮，給她以無限的、新鮮的、愉快的感覺。初升的朝陽放射著溫暖而撫慰的輝光，給與人們以生活的希望。曼英覺得那朝陽正是自己的生活的象徵，她的將來也將如那朝陽一樣，變為更光明，更輝耀。總而言之，曼英這時的全身心充滿著向上的生活力；如果她生有翼翅，那她便會迎朝陽而飛去了。

二

當曼英向著朝陽微笑的時候，富於脂肪質的坤秀，大約昨夜也沒有入夢，現在伏在衣箱子上呼呼地睡著了。曼英想將她推醒，與自己共分一分這偉大的自然界的賜與，但見著她那疲倦的睡容，不禁又把這種思想取消了。

當晚她們到了H鎮，找到了一家旅館住下……也許是因為心理的作用罷，曼英看見H鎮中電燈要比別處亮，H鎮一切的現象要比別處新鮮，H鎮的空氣似乎蘊寒著一種說不出的香味，就是連那賣報的童子的面孔上，也似乎刻著革命兩個字……

她慶幸她終於到了H鎮了。

在旅館剛一住下腳，她便打電話給柳遇秋，叫他即刻來看她，可是柳遇秋因為參加一個什麼重要的會議，不能分身，說是只能等到明早了。曼英始而有點失望，然轉而一想，反正不過是一夜的時間，又何必這樣著急呢？……於是她也就安心下來了。

第二天一清早，當曼英和她的同伴剛起床的時候，柳遇秋便來了。這是一個穿著中山裝，斜掛著皮帶，挾著黑皮包的青年，他生著一副白淨的面孔，鼻樑低平，然而一雙眼睛卻很美麗，放射著嫵媚的光。曼英大概是愛上了他的那一雙眼睛，本來，那一雙眼睛是很能引動女子的心魂的。

曼英見著柳遇秋到了，歡喜得想撲到他的懷裡，但是一者坤秀在側，二者她和柳遇秋的關係還未達到這種親暱的程度，便終於將自己把持住了，沒有那樣做。

他們開始談起話來：曼英將自己來H鎮的經過告知柳遇秋，接著柳遇秋便滿臉寒著自足的笑容，一五一十地將H鎮的情形說與她倆聽，並說明了軍事政治學校的狀況。後來他並且說道，不久要打到北京，要完成偉大的事業……曼英聽得如痴如醉，不禁很得意地微笑起來了。這微笑一半是由於這所謂「偉大的事業」的激動，一半也是由於她看見了柳遇秋這種有為的，英雄的，同時又是很可愛的模樣，使她愉快得忘了形了。呵，這是她所愛的柳遇秋，這是她的，而不是別人的，而不是楊坤秀的！……曼英於是在坤秀面前又有點矜持的感覺了。

過了三日，她們便搬進軍事政治學校了。曼英還記得，進校的那一天，她該是多麼地高興，多麼地富於新鮮的感覺！同時又得怎樣地畏懼，畏懼自己不能符合學校的希望。但是曼英是很勇毅的，她不久便把那種畏懼的心情摒去了。已經走上了火線，還能退後嗎？……

二

於是曼英開始了新的生活：穿上了灰色的軍衣，戴上了灰色的帽子，儼然如普通的男兵一般，不但有時走到街上不會被行人們分別出來，而且她有時照著鏡子，恐怕也要忘卻自己的本相了。在日常的生活之中，差不多完全脫去了女孩兒家的習慣，因為這裡所要造就的，是純樸的戰士，而不是羞答答的、嬌豔的女學生；這裡經常所討論的，是什麼國際情形，革命的將來……而不是什麼衣應當怎樣穿，粉應當怎樣擦，怎樣好與男子們戀愛……不，這裡完全是別的世界，所過的完全是男性的生活！如果從前的曼英的生活，可以拿繡花針來做比喻，那麼現在她的生活就是一隻強硬的來福槍了。在開始的兩個禮拜，曼英未免有點生疏，不習慣，但是慢慢地，慢慢地，一方面她克服了自己，一方面也就被環境所克服了。

女同學們有二百多個。花色是很複雜的，差不多各省的人都有。有的說話的話音很奇怪，有的說話簡直使曼英一句也聽不懂。有的生得很強壯，有的生得很醜，有的兩條退下行走著一雙半裹過的小腳……但是，不要看她們的話音是如何地不同，面貌是如何地相差，以至於走路時那裡過的與沒有裹過的腳是如何地令人容易分別，但是在她們的身上似乎有一件類似的東西，如同被新鮮的春陽所照射著一樣。在她們的眼睛裡閃著同一的希望的光，或者在她們的腦海裡也起伏著同一的思想，在她們的心靈裡也充滿著同一的希望。一種熱烈的、濃郁的，似乎又是甜蜜的氛圍，將她們緊緊地擁抱著，將她們化成為一體了。因此，曼英有時覺著自己不是自己，而僅是這個集體的一部分。這時，曼英的好友，楊坤秀，雖然有時因為生活的艱苦，曾發出來許多怨言，但她究竟也不得不為這種氛圍所陶醉了。

女同學中有一個姓崔的，她是來自那關外，來自那遙遠的奉天。她剛是十七歲的小姑娘，尚具著一種天真的稚氣。但她熱烈得如火一般，宛然她就是這世界的主人，她就是革命的本質。如果曼英有時還懷疑自己，還懷疑著那為大家所希望著的將來，那她，這個北方的小姑娘，恐怕一秒鐘也沒懷疑過，宛然她即刻就可以將立在她的面前的光明的將來實現出來。曼英清清楚楚地記得，她的那一雙圓眼睛是如何地射著熱烈的光，她的腮龐是如何地紅嫩，在那腮龐上的兩個小酒窩又是如何地天真而可愛……曼英和她成為了很親密的朋友。她稱呼曼英為姐姐，有時她卻遲疑地向曼英說道：

「我不應當稱呼你姐姐罷？我應當稱呼你同志，是不是？這姐姐兩個字恐怕有點

二

封建罷？……」

曼英笑著回答她說，這姐姐兩個字並沒有什麼封建的意味，她還是稱呼她為姐姐好。姐姐，這兩個字，是表示年齡的長幼，而並不表示什麼革命不革命，如果她稱呼曼英為姐姐，那她是不會有什麼「反革命」的危險的……

這個北方的小姑娘聽了曼英的話，也就很安然地放了心了，繼續著稱呼她為姐姐。

那時，曼英有時幻想道：人類到了現在恐怕是已經到瞭解解放的時期了，你看，這個小姑娘不是人類解放的象徵嗎？不是人類解放的標幟嗎？……

曼英現在固然不再相信人類有解放的可能了，但是那時……那時她以為那一個圓眼睛的天真的小姑娘，就是人類解放的證據：有了這麼樣的小姑娘，難道說人類的解放不很快地要實現嗎？那是沒有的事！……曼英那時是這樣確定地相信著。

因為生活習慣完全改變了的原故，曼英幾乎完全忘卻自己原來的女性了。從前，在C城女師讀書的時候，雖然曼英已經是一個很解放的女子了，但她究竟脫不去一般女子的習慣：每天要將頭髮梳得光光的，面孔擦得白白的，衣服穿得整整齊齊的……有時拿鏡子照一照自己，曼英見著那鏡中微笑著的，宛然是一個風姿綽約的美人，你看，那一雙秀目，兩道柳眉，雪白的面孔，紅嫩欲滴的口唇，這不是一個很能令男子注目的女性嗎？……曼英也同普通的女子一樣，當發現自己生得很美麗的時候，不禁要意識到自己高貴和幸福了。那時，與其說曼英是一個自以為解放了的女子，不如說曼英是一個自得的美人。但是進入了軍事政治學校以後，曼英完全變成為別一個人了。她現在很少的時候照過鏡子，關於那些女孩兒家的日常的習慣，她久已忘卻到九霄雲外去了。她現在只意識到自己是一個兵，是一個戰士而已。偶爾在深夜的時分，如果她沒有入夢，也曾想起男女間的關係，也曾感覺到自己的年青的肉體和一顆跳動的心，開始發生著性愛的要求……但是當天光一亮，起身號一鳴的時候，她即刻把這些事情都忘卻了。她又開始和大家說笑起來，躁練起來，討論起來什麼革命與反革命。……

但是，無論如何曼英是怎樣地忘卻了自己的女性，在一般男子看來，她究竟還是一個女子，而且是一個很美麗的女子。在同校的一般男學生中，有的固然也同曼英一

二

樣，忘卻了自己的男性，並不追求著女性的愛慰，但是有的還是很注意到戀愛的問題，時時向女同學們追逐。女同學們中間之好看一點的，那當然更要為他們追逐的目標了。曼英現在雖然是女兵的打扮，雖然失去了許多的美點，雖然面孔也變黑了許多，但是她並不因此而就減少了那美人的豐韻。她依舊是一個美人，雖然她自己也許沒意識到這一層。

女同學們中弱一點的，就被男同學們追逐上了。肥胖的楊坤秀似乎也交了幾個男朋友……但是曼英想道，她來此地的目的並不是談戀愛，談戀愛也就不必來此地……而況且現在是什麼時候呢？是革命青年們談戀愛的時候嗎？這簡直是反革命！

但是男同學們追逐著曼英，並不先問一問曼英的心情。他們依舊地向她寫信（照著曼英的意思，這是些無恥肉麻的信），依舊在閒空的時候就來訪看她。有的直接向她表示自己的愛慕，有的不敢直接地表示，而藉故於什麼討論問題，組織團體……這真把曼英煩惱著了！最後，她一接到了求愛的信，不看它們說些什麼話，便撕掉丟到字紙簍裡去；一聽見有嫌疑的人來訪問，便謝絕一聲不在家。這弄得追逐者沒有辦法了，只得慢慢地減低了向曼英求愛的希望。

但是，哪一個青年女郎不善懷春？曼英雖然不能說是一個懷春的女郎，但她究竟是一個女性，究竟不能將性的本能完全壓抑，因此，她雖然拒絕了一般人的求愛，究竟還有一個人要在例外，那就是介紹她到H鎮的柳遇秋，那就是她的心目中的特殊的男友柳遇秋……

在別一方面，我們也可以說，曼英之所以拒絕其他的一切男性，那是因為在她的心房內已經安置著了柳遇秋，不再需用任何的別一個人了。在意識上，曼英當然不承認這一層，但是在實際上她實在是這樣地感覺著。如果她和別的男性在一塊兒要忘卻自己的女性，那她一遇見柳遇秋時，便會用著不自覺的女性的眼光去看他，便會隱隱地感覺到她正是在愛著他，預備將別人所要求著而得不到的東西完全交給他……柳遇秋實在是她的愛人了。

柳遇秋時常來到學校裡訪問曼英，曼英於放假的時日，也曾到過柳遇秋的寓處。兩人見面時，大半談論著一些革命、政治……的問題，很少表示出相互間的愛情的感覺。曼英的確是需要著柳遇秋的擁抱，撫摩，接吻……但是她轉而一想，戀愛要妨害工作，那懷了孕的女子是怎樣地不方便而可怕……便將自己的感覺用力壓抑下去了。

二

她不允許柳遇秋對於她有什麼範圍以外的動作。

有一天，曼英還記得，在柳遇秋的家裡，柳遇秋買了一點酒菜，兩人相對著飲起酒來。說也奇怪，那酒的魔力可以助長情愛的火焰，可以令人泄露自己的心窩內的祕密，可以使人做平素所不敢做的事。幾杯酒之後，曼英覺著柳遇秋向她逐漸熱烈地射著情愛的眼光，那眼光就如吸鐵石一般，將曼英吸住了。曼英明白那眼光所說明的是些什麼，也就感覺到自己的一顆心被那眼光射得跳動起來了……她的心神有點搖盪……眼睛要合閉起來了……於是她不自主地落到柳遇秋的擁抱裡，她沒有力量再拒絕他了。她第一次和柳遇秋親密地、熱烈地，忘卻一切地接著吻……她周身的血液被情愛的火所燃燒著了。柳遇秋開始解她的衣扣……忽然，她如夢醒了一般，從柳遇秋的懷抱裡跳起身來，使得柳遇秋驚詫得半晌說不出話來。

「遇秋，這是不可以的呵！」她向自己原來的椅子上坐下，血紅著臉，很驚顫地說道，「你要知道……」她沒將這句話說完，將頭低下來了。

「你不愛我嗎？」柳遇秋這樣失望地問她。

「不，遇秋，我是愛你的。不過，現在我們萬不能這樣……」

「為什麼呢？」

「你要知道……我們的工作……一個女子如果是……有了小孩子……那便什麼事情都完了！我並不是懷著什麼封建思想，請你要瞭解我。我是愛你的，但是，現在我們不能夠這樣……你要替我設想一下呵！」

柳遇秋立起身來，在房中踱來踱去，不再做聲了。曼英覺著自己有點對不起他，使得他太失望了……但是，她想，她有什麼辦法呢？現在無論如何她是不能這樣做的。如果懷了孕，什麼事情都完了，那是多麼地可怕呵！那時她將不能做一個勇敢的戰士，那時她將要落後……不，那是無論如何不可以的！

後來，柳遇秋很平靜地說道：

「聽我說，曼英！我們不必太過於拘板了。我們是青年，得享樂時且享樂……我老實地告訴你，什麼革命，什麼工作，我看都不過是那麼一回事，不必把它太認真了。太認真了那是傻瓜……你怕有小孩子，這又成為什麼問題呢？難道我們不能養活小孩子嗎？如果我們大家相愛的話，我看，還是就此我們結了婚，其它的事情可以不

二

必問……」

柳遇秋將話停住了。曼英抬起頭來，很遲疑地望著他。似乎適才這個說話的人，不是她所知道的柳遇秋，而是別一個什麼人……她想痛痛快快地將柳遇秋的意見反駁一下，然而不知為什麼，她只很簡單地說道：

「你不應當說出這些話來呵！這種意見是不對的。」

「也許是不對的，」柳遇秋輕輕地，如自對自地說道，「然而對的又是些什麼呢？我想，我們要放聰明些才是。」忽然他逼視著曼英，如同下哀的美敦書也似地說道：

「曼英！你是不是願意我們現在就結婚呢？如果你愛我，你就應當答應我的要求呵！這樣延長下去，真是要把我急死了！」

曼英沒有即刻回答他。她知道她應當嚴厲地指責柳遇秋一番，然而她在柳遇秋面前是一個女子，是一個為情愛所迷住了的女子，失去了猛烈的反抗性。最後她低聲地，溫存地，向柳遇秋說道：

「親愛的，我為什麼不愛你呢？不過要請你等一等，等我將學校畢了業，你看好嗎？橫豎我終久是你的……」

柳遇秋知道曼英的情性，也就不再強通她服從自己的提議了。兩人又擁抱著接起吻來。曼英還記得，那時她和柳遇秋的接吻是怎樣地熱烈，怎樣地甜蜜！那時她雖然覺得柳遇秋說了一番錯誤的話，但是她依舊地相信他，以為那不過是他的一時的性急而已。她覺得她無論如何是屬於他的，他也將要符合她的光明的希望。只要柳遇秋的眼光一射到她的身上時，那她便覺得自己是很幸福的人了。

除開柳遇秋而外，還有一個時常來校訪問曼英的李尚志。這是曼英在C城學生會中所認識的朋友。他生得並不比柳遇秋醜些，然而他的眼睛沒有柳遇秋的那般動人，他的口才沒有柳遇秋的那般流利（他本是不愛多說話的人呵！），他的表情沒有柳遇秋的那般真切。曼英之所以沒有愛上他，而愛上了柳遇秋的原故，恐怕就是在於此罷。但是他有堅強的毅力，有一顆很真摯的心，有一個會思考的腦筋，這是為曼英所知道的，因此曼英把也當成自己的親近的朋友。他是在愛著曼英，曼英很知道，然而柳遇秋已經將曼英的心房占據了，那又有什麼辦法呢？他所得到的，只是曼英的友誼而已！……

二

三

後來……後來，曼英感覺著H鎮的空氣漸漸地變了。無形中醞釀著什麼，什麼一種可怕的危機……雖然那還是不可捉摸的，然而人們已經感覺到那是不可免的，不是今天，就是明天……

再過了一些時，所謂反動的空氣更加緊張了，這使得曼英感覺著自己的希望離開自己越遠，因之那種歡欣的、陶醉的心情，現在變為沉鬱的、驚慌的了。如果曼英初到H鎮時，覺得一切都新鮮，一切都充滿著活生生的希望，那她現在就要覺得一切都變為死寂，同時又暗藏著那猙獰的恐怖，說不定即刻就要露出可怕的面目來。

光明漸漸地消逝，黑暗緊緊地逼來……

那猙獰的，殘忍的，反動的面目，終於顯露出來……

三

那時柳遇秋不在H鎮，李尚志因為什麼久已到上海去了。那個北方的小姑娘被她的一位高大的哥哥拉到什麼地方去了，而楊坤秀呢，在醫院裡害著病……

一切都變了相……

曼英還記得，那是她該是多麼地悲憤！唉，如果她有孫行者的那般本領，有如來佛的那般法術！……但是曼英什麼都沒有，有的只是一顆悲憤得要爆裂了的心，一身要沸騰起來了的血液……怎麼辦呢？一點都沒有辦法！這時曼英有點感覺得自己是一個無能力的弱者了。

最後，在悲憤之中，然而又懷著堅決的，向前的希望，曼英和著其餘的人們，走上了南征的路……

在那南征的路程上，曼英在自己的日記簿上，零碎地，寫著自己思想和生活的斷片：

「我們的事業就從此完了嗎？不會，絕對地不會！我們一時地失敗了，這並不能證明我們終沒有成功的希望。但是，想起來，我究竟有點傷心，恨不得大大地哭一場才好……」

「我本是一個名門家的女兒，如果我現在在家裡當小姐，那一定是很舒服的。但是現在我是一個女兵，沐風櫛雨，可以說是苦楚難言。但是我並不悔恨呵！我覺得我的精神很偉大，因為……因為我是一個為人類解放而奮鬥的戰士呵。這戰士要貴重於那些小姐們無數萬倍，可不是嗎？」

「今天走了九十幾里路，只吃了一頓飽飯，真是疲倦極了。女同志中有幾個趕不上路，怕大隊把她們丟了，曾急得哭起來。她們也跟我一樣，從前本是嬌生慣養的小姐呵……我看見她們那種苦楚的樣子，真正地有點不忍呢。但是，這又有什麼辦法呢？……我們已經走上了這一條又是歡欣，又是苦楚，又是可怕，又是偉大的路！我們是沒有退後的機會了。」

「昨夜露宿了一夜。我躺著仰望那天空中的閃爍著的星光，我覺著那些小世界裡有一種令人不可思議的神祕。在那裡到底是一些什麼呢？唉，如果我能飛上去看看！……夜已經深了，同伴們都已呼呼地睡去，可是我總是睡不著。我想起柳遇秋來，我的親愛的……他現在在什麼地方呢？我們何時才能相會呢？也許他現在已

三

經……呵，不會的，這是不會的呵！我不應當想到這一層。」

「我們前有敵人，後有追兵，不得不繞著崎嶇的小道前進，可是這真就要苦煞我們了！男子們還沒有什麼，可是我們二十幾個女子，真是要走得呼天天不應，呼地地不言！我不知何時才能到達我們的目的地，如果還要很久地走著這種難走的路，過著這種難過的生活，那我恐怕等不及到了地點，早已要嗚呼哀哉了。腳上起了泡，泡破了即淌黃水，疼痛得難言，但是還要繼續走著路，誰也不問你一聲……」

「我們所經過的地方，居民們始而很怕我們，以為我們是什麼兇殘的匪……可是後來他們覺著我們並不可怕，也就和我們親近了。小孩子們，女人們及一些少所見多所怪的男人們，一見著我們到了，便圍上來看把戲，口中嘰咕著，『女兵……女兵……』，把我們當做什麼怪物也似的。我們二十幾個女子之中，有的雖然走了很長的路，但還有精神向他們宣傳、演講……可是我，對不起，真是沒有這種精神了。」

「這幾天正是我月經來潮的時期……天哪，我為什麼要生為一個女子呢？女子為什麼一定要有這樣討厭的事情呢？這該是多末地不方便！如果人是為上帝所造的話，那我們為女子的就應該千詛咒上帝，萬詛咒上帝。……一方面覺得身體是這樣地不舒服，一方面仍要努著力走路……唉，女子要做一個戰士，是怎樣困難的事情呵！」

「今天和攔截我們的敵人，小小地打了一戰，我們勝了，將他們繳了械。在打戰時，我們女子的任務是看護傷兵……唉，我是怎樣地想衝向前去，嘗一嘗衝鋒陷陣的滋味！但是他們不允許我們，說我們女子的能力只能看護傷兵……這種意見是公平的嗎？他們無論口中講什麼男女平等，如C就是很顯著的一個例，心中總是有點看不起女子的……」

「M總是老追逐我……幹什麼呢？現在是談情說愛的時候嗎？就是談情說愛，也輪不到他的身上來，你看他的那一副討厭的面相，卑鄙的神情！蝦蟆想吃天鵝肉嗎？笑話！無論他的位置比我怎樣高，可是我總是看不起他。我不明白像這樣的人，為什麼也能跟我們一道呢？我是一個莫名其妙，兩個莫名其妙，三個莫名其妙……」

「今天安下營來，C向我們說，『你們女子只可以煮煮飯，什麼事都不行，若談什麼革命，那簡直是笑話！……』我真是有點忍不住了，便糾合了我們二十幾個女子，向他提出嚴重的抗議。問他是不是不要我們了，若以為我們沒有用處，把我們盡行槍斃好了，免得說這些閒話。他看見我們很凶，終於認了錯，賠了不是。這樣像一個負

三

責任的工作者所說的話嗎？豈有此理！」

「一路來沒有照過鏡子，忘卻了自己的面貌。今天，偶爾臨著池水照了一下，天哪，我的面相黑瘦到怎樣的地步！我簡直認不得我自己了。從前被人稱為美人的曼英，現在到了什麼地方去了呢？但是我要做的，是一個偉大的戰士，而不是一個什麼嬌弱的美人。過去的讓它過去了罷！……今日的曼英再也不能回轉為那被稱為美人的曼英了。」

「我想起我的母親……但是我為什麼要想到她呢？她現在或者正為著我而流著老淚，或者正跑在那救苦救難的觀音大士的神像前禱告，禱告她的唯一的女兒不至於罹災受難……但是我，我現在是不應當念起她的呵。」

「密斯P和K姘上了……她因此有了馬騎。大家看見密斯P的行為，都嗤之以鼻，連那個K的馬弁都瞧不起她。天哪，我真不知她如何能有那種厚的臉皮！……近來M對我是失望了，便又去追逐別一個，密斯S。我看意志不大十分堅決的密斯S，是一定要被他追逐上的。我想勸一勸密斯S，然而，只好讓她去……」

「今天可以說是在我生命史上最大的一個紀念日：我親手槍斃了一個人……如果這事是在一年以前發生的，我是絕對不會相信我是能夠做出這種事情的。我夢想也沒夢想得到我將來會殺人，會做這種可怕的事情。但是今天我是殺了人了，而且我的心很安，並不因之發生特異的感覺，雖然在瞄準的時候，我的手未免有點顫動……事情是這樣經過的，鄉下捕來了一個面目可憎的土豪，他們說他是危害地方的老虎，欺寡凌弱，無所不為……我們以為這是沒有多討論的必要的，便決定將他槍決。一有了決定，大家便爭著執行，幾乎弄得吵打起來。本來關於這件事情，我們女子是沒有份參加的。後來我見他們爭執得不可開交，我便上前說道，這件事不如讓我來做好。男子們同聲贊成，有的竟拍起手來。當拿起槍來的一瞬間，未免有點膽怯，未免動了一動心，想道，這樣一個活拉拉的人即刻就要在我的手中丟命，這未免有點太殘忍罷？……但是我即刻想起來我們的任務，想起來被這個土豪所殘害的人們，便嚙著牙恨起來了……我終於在大家鼓掌的聲中將我的敵人槍斃了。有了偉大的愛，才有偉大的恨，欲實現偉大的愛，不得不先實現偉大的恨……」

「昨天正在行軍的當兒，天公落下了大雨，我的傘破了，渾身溼透得差不多如水

三

公雞一樣。此時還不覺得有什麼不舒服，可是一到安下了營時，我便覺得頭有點發燒了。不料頭越燒得越厲害，大有支持不住之勢。我是很厲害地病起來了。女房主人為我燒了一大堆火，將我的衣服烘乾，後來她很殷勤地勸我在她家的床上睡下。睡下後，我在頭腦昏亂的狀態中，暗自想道，我這一回是定死無疑了……聽說後有大批的追兵……他們一定要將我丟掉，我一個人留在這裡，我是定死無疑了……死我是不怕的，但是就這樣地死了，就這樣胡塗地死了，這不是太不值得了嗎？唉，我是怎樣地想生活著，想生活著再多做一些事情呵！……我覺得我有點傷起心來了，後來我竟流了淚。奇怪！我吃了些酒，發了一身大汗之後，便又覺得身體好起來了。今天還是繼續著和大家一道兒走路，還是繼續著和大家一道兒談論我們的將來的事業……關於這一層，我應當向誰感謝呢？」

「密斯W發了急痧……死了……可憐她奔波了這一路，吃了無限的苦楚，到現在當我們快要到目的地的時候，不幸忽然地死了！『出師未捷身先死，常使英雄淚滿襟』，讓我們把這兩句話做她的輓聯罷。一路中我和她最合得來，但她現在永遠離我而去了急痧我們沒有佳棺來盛殮她，沒有鮮花來祭奠她，我們很簡單地將她裹在毯子裡，在山坡下掘了一個土坑，放進去埋了。我們的事業不知何時才能成功，然而這個忠勇的，什麼時候也曾是過一個美麗的女郎，現在已經為著這個事業而犧牲了。我怎麼能夠不在她的靈前痛哭一場呢？……」

曼英還記得，那時密斯W之死，在曼英的心靈上是怎樣地留下了一個巨大的創傷！密斯W可以說是曼英的一個最要好的，情性相投的伴侶，在遙長的南征的路上，曼英有什麼悲哀喜樂，都是與她共分著，但是現在她在半路中死了，曼英再也不能見到她的面，再也不能和她共希望著完成那偉大的事業……曼英思前想後，無論如何，不得不在密斯W的墓前，大大地痛哭一番了。這痛哭與其說是為著密斯W，不如說是為著曼英自己，因為密斯W之死，就是曼英的巨大的，不可言喻的損失呵！……

在那荒涼的，蔓草叢生的山坡下，密斯W永遠地飲著恨，終古地躺著了……但是曼英覺得，在那裡躺著的不過是密斯W的軀殼，而她的靈魂是永遠地留在曼英的心靈裡。就是到現在雨聲淅瀝的今夜，那密斯W的面相，她的一言一笑，不都是還很清白地在曼英的眼簾前現著嗎？是的，曼英無論如何是不會將她忘記的……也許曼英現在嘲笑密斯W死得冤枉，不應當為著什麼渺茫的偉大的事業而犧牲了自己……但是曼英

三

究竟不得不承認密斯W，那個埋在那不知地名的荒涼的山坡下的女郎，是一個偉大的戰士，是為她所不能忘懷的好友。

自從密斯W死後，生活陡然緊張起來了。和敵人戰鬥的次數逐漸加多了。曼英現在還記得那時她該是怎樣地為著火一般的生活所擁抱著，那時她只顧得和著大家共著憂樂，忽而驚慌，忽而雀躍，忽而覺得光明快近了，忽而覺得黑暗又緊急地迫來，忽而為著勝利所沉醉，忽而為著失敗所打擊……總而言之，在如火如荼的、緊張的、槍林彈雨的生活中，曼英的一顆心沒有安靜下來的機會。

但是到了最後……曼英不願意再回想下去了，因為那會使得曼英大不愉快，大覺得難堪了！光明終於被黑暗所壓抑了，希望變成了絕望……在槍林彈雨之中，曼英並不畏懼死神的臨頭，如果因為她死，而所謂偉大的事業要向前進展一步，那她是不會悔恨的。但是在失敗之後……曼英便覺得自己落入到絕望的、痛苦的、悲哀的海底了。不過這並不因為她起了對於死的恐懼，而是因為那所謂偉大的事業，在她覺得，是永遠地完結了，因之在這地球上將要永遠看不見那光明的一日，而黑暗的惡魔將要永遠歌著勝利。

但是曼英，一個為光明而奮鬥的戰士，會不會在失敗之後，在黑暗的惡魔面前，恭順地寫出自己的悔過書呢？不會的！高傲的性格限定住了曼英的行為，她可以死，可以受侮辱，然而她是不願意投降的……曼英對於偉大的事業是失望了，然而她並沒有對於她自己失望。她那時開始想道，世界大概是不可以改造的，人類大概是不可以向上的，如果想將光明實現出來，那大概是枉然的努力……然而世界是可以被破毀的，人類是可以被消滅的，與其要改造這世界，不如破毀這世界，與其振興這人類，不如消滅這人類。曼英雖然覺得自己是失敗了，然而她還沒有死，還仍可以奮鬥下去，為著自己的新的思想而奮鬥……雖然她不能即刻整個地將它實現，然而她可以零碎地努力著將它實現。曼英仍然是一個戰士，不過這在意味上是別一種方向了。……

後來……人地生疏的S鎮……小旅館……恐慌的，困憊的生活……對於家庭來信的期待……與陳洪運的識面……在陳洪運的家裡……唉，這些討厭的經過，曼英該是怎樣地不願意將它們回憶起來！曼英願意它們從自己的腦海裡永遠地消逝，永遠地不再湧現出來！

有一天，陳洪運也不知因為什麼，來到曼英住著的小旅館裡。他看見曼英了。曼

三

英那時雖然是很潦倒，雖然是穿著一身破舊的女學生的服裝，但她舊日的神情究竟還未全改，在她的態度上究竟還呈露著一種特點來。陳洪運即刻便認出她是一個什麼人物了。他本來即刻可以將她告發，將她送到囚牢裡或斷頭臺上去，然而不知因為什麼，他發了慈悲心，要將曼英救出危險。並將她請到自己的家裡。

這是一個二十五六歲的青年，無論在服飾或面孔上，都顯得是一個很漂亮的人物。不過在那一雙戴著玳瑁鏡子的眼睛裡，閃著一種逼人的險毒的，尖銳的光，這光一射到人的身上，便要令人感覺得他是在計算他，要為之悚然不安起來。曼英和他見面時，也有著同樣的感覺……但是陳洪運是一個極精明的，他看見曼英遲疑的神情，便似乎很坦白地說道：

「女士，請你放寬心，我是可以將你保護得安安全全的。在旅館住著，這是極不妥當的事情，如果一經查出，那可是沒有法子想了。我家裡很安適，有一個母親，一個外甫，兩個小孩……如果你住在我的家裡，那我敢擔保誰個都不敢來問你。他們是很知道我的呵。不過，在思想方面，我雖然反對你，但是我絕對不主張……像他們那樣的辦法……請你放心，諸事自有我……」

曼英躊躇起來了。這向她說話的，在思想上，是她的敵人，是她要消滅的一個……然而他現在呈著勝利者的面孔，立在曼英的面前，要救曼英，要向曼英表示著自己的大量。曼英能承受他的恩惠嗎？能在自己的敵人面前示弱嗎？但是在別一方面，她知道陳洪運是可以即刻將她送到斷頭臺上去的，那時她將完結了自己的奮鬥的歷史，將不再能奮鬥了，這就是說曼英輕於犧牲了自己的生命，而讓自己的敵人，陳洪運，無數無數的陳洪運，好安安頓頓地生活著下去，不會再受曼英的擾亂了……

不，這是不聰明的事情！曼英應當利用著這個機會，好延長自己的奮鬥，好慢慢地向自己的敵人報復。如果就此死去，曼英最後想道，那對於她自己是太不值得，對於她的敵人是太便宜了！不，曼英不應當做出這種不聰明的事情！

於是曼英搬到陳洪運的家裡住下了。……

這是一個很富有的家庭。大概因為陳洪運是一個新式的人物，屋中的一切布置，都具著歐化的風味。但是曼英初進入這種生疏的環境裡，雖然受著很優的待遇，該是多麼地不習慣，多麼地不安！

三

果然，陳洪運家中的人數，如陳洪運向曼英所說的一樣。一個貴族氣味濃厚的母親，一個豔裝的，然而並不十分美麗的少婦，還有兩個小孩子，——一個有五歲了，一個還在吃奶。曼英住在他們的家裡無事做，只天天逗著那兩個小孩子玩……一天過去了，又是一天……陳洪運的母親待她仍依舊，陳洪運的老婆待她也仍舊，兩個不知事的丫鬟待她也仍舊，可是陳洪運待她卻逐漸地不同了。

陳洪運日見向曼英獻著殷勤，不時地為她買這買那。在他的表情上，在他的話音裡，在他的眼光中，曼英察覺到他所要求的是些什麼了。如果在初期的時候，曼英總想不明白陳洪運的用意，那麼現在她太過於瞭然了：原來是這麼一回事！……久已忘卻了鏡子的曼英，現在不時地要拿鏡子自照了。她見著那自己的面孔上雖然還遺留著風塵的倦容，雖然比半年前的曼英黑瘦了許多，然而那眼睛還是依舊地美麗，那牙齒還是依舊地潔白，那口唇還是依舊地紅嫩，那在微笑時還是依舊地顯現著動人的、可愛的、風韻的姿態……原來曼英雖然當過了女兵，雖然忍受了風塵的勞苦，雨露的欺凌，到現在還依舊地是一個美麗的女郎呵。如果曼英將自己和陳洪運的老婆比一比，那便見得陳洪運的老婆是怎樣地不出色，怎樣地難看了。

曼英忽然找到了報復的武器，不禁暗暗地歡快起來了。如果從前曼英感覺著陳洪運是勝利者，是曼英的強有力的敵人，那末她現在便感覺著自己對於陳洪運的權威了。陳洪運已經不是勝利者，勝利者將是曼英，一個被陳洪運俘虜到家裡的女郎……

曼英覺察到了陳洪運的意思以後，也就不即不離地對待他，不時向他嫵媚地送著秋波，或向他做著溫柔的微笑。這秋波、這微笑，對於曼英是很方便的誘敵的工具，對於陳洪運是迷魂蕩魄的聖藥。陳洪運巴不得即刻就將這個美麗的女郎摟在懷裡，儘量地吻她那紅嫩的口唇，嘗受那甜蜜的滋味……但是曼英不允許他，她說：

「你的夫人呢？她知道了怎麼辦呢？那時我還能住在你的家裡嗎？」

這些話有點將陳洪運的興致打落下去了，但是他並不退後，很堅決地說道：

「我的夫人嗎？那又有什麼要緊呢？她是一個很懦弱的女人，她不敢……」

「不，這是不可以的，陳先生！我應當謝你搭救之恩，但是我……我不能和你的夫人住在一塊呵……」

「你就永遠地住在我家裡有什麼要緊呢？她，她是一個木塊，絕不敢欺壓你。」

三

「你想將我做你的小老婆嗎？」曼英笑著問他。

陳洪運臉紅起來了，半晌不做聲。後來他說道：

「什麼小老婆、大老婆，橫豎都是一個樣，我看你還很封建呢。」

「不，在你的家裡，無論如何，我是不幹的，除非是……」

「除非是怎樣呢？」

「除非是離開此地……到別處去……到……隨你的便，頂好是到上海去……」

最後，曼英表明她是怎樣地感激他，而且他是一個怎樣可愛的人，如果她能和他同居一世，那她便什麼都不需要了，所需要的只是他的對於她的忠實的愛情……這一番話將陳洪運的骨頭都說軟了，便一一地答應了曼英的要求。他們的決定是：曼英先到上海，到上海後便寫信給陳洪運，那時他可以藉故來到上海，和曼英過著同居的生活。

在曼英要動身的前一日，陳洪運向曼英要求……但是曼英婉轉地拒絕了。她說：

「你為什麼這樣性急呢？老實說，我還不敢相信你一定會離開你的夫人，會到上海去……到上海後，你要怎樣便怎樣……」

陳洪運終於屈服了。

一上了輪船，曼英便脫離了陳洪運的牢籠了。無涯際的大海向她伸開懷抱，做著歡迎的微笑。她這時覺得自己是一個忽然從籠中飛出來的小鳥兒，覺得天空是這般地高闊，地野是這般地寬大，從今後她又仍舊可以到處飛遊了。雖然曼英已確定了「詛咒生活」的思想，然而現在，當著這海波向她微笑，這海風向她撫慰，這天空、這地野，都向她表示著歡迎的時候，她又不得不隱隱地覺著生活之可愛了。

三

四

曼英到了上海……

上海也向她伸著巨大的懷抱，上海也似乎向她展著微笑……然而曼英覺得了，這懷抱並不溫存，這微笑並不動人，反之，這使得曼英只覺得可怕，只覺得在這座生疏的大城裡，她又要將開始自己的也不知要弄到什麼地步的生活……

七年前，那時曼英還是一個不十分知事的小姑娘，隨著她的父親到C省去上任，路經過上海，曾在上海停留了幾日。曼英還記得，那時上海所給與她的印象，是怎樣地新鮮，怎樣地龐大，又是怎樣地不可思議和神祕……那時她的一顆小心兒是為上海所震動著了，然而那震動不足以使她害怕，也不足以使她厭倦，反而使得她為新的感覺和新的趣味所陶醉了，所吸引住了，因之，當她知道不能在上海多住，而一定要隨

四

著父親到什麼一個遙遠的小縣城去，她該是多麼地失望，多麼地悲哀呵。她不願意離開上海，就是在熱鬧的南京路上多遊逛幾分鐘也是好的。

七年後，曼英又來到上海了。在這一次，上海不是她所經過的地方，而是她的唯一的目的地；也不是隨著父親上什麼任，父親久已死去了，而是從那戰場上失敗了歸來。人事變遷了，曼英的心情也變遷了，因之上海的面目也變遷了。如果七年前，曼英很樂意地伏在上海的懷抱裡，很幸福地領略著上海的微笑，那麼七年後，曼英便覺得這懷抱是可怕的羅網，這微笑是猙獰的惡意了。

上海較前要繁華了許多……在那最繁華的南京路上，在那裡七年前的曼英曾願意多遊逛幾分鐘也是好的，曾看著一切都有趣，一切都神祕得不可思議，可是到了現在，在這七年後的今日，曼英不但看不見什麼有趣和神祕，而且重重地增加了她心靈上的苦痛。她見著那無愁無慮的西裝少年、荷花公子、那豔裝冶服的少奶奶、太太和小姐，那翩翩的大腹賈，那坐在汽車中的傲然的帝國主義者，那一切的歡欣著的面目……她不禁感覺得自己是在被嘲笑，是在被侮辱了。他們好像在曼英的面前示威，好像得意地表示著自己的勝利，好像這繁華的南京路，這個上海，以至於這個世界，都是他們的，而曼英，而其餘的窮苦的人們沒有份……唉，如果有一顆巨彈！如果有一把烈火！毀滅掉，一齊都毀滅掉，落得一個痛痛快快的同歸於盡！……

然而，曼英也沒有巨彈，也沒有烈火，什麼都沒有，有的只是一顆痛苦的心而已。難道這世界就這樣永遠地維持著下去嗎？難道曼英就這樣永遠地做一個失敗者嗎？難道曼英就這樣永遠地消沉下去嗎？不，曼英活著一天，還是要掙扎著一天，還是要繼續著自己的堅決的奮鬥。如果她沒有降服於陳洪運之手，那她現在便不會在任何的敵人面前示弱了。

曼英起始住在一家小旅館裡。臨別時，陳洪運曾給了她百元的路費，因此她目前還可以維持自己的生活。她本來答應了陳洪運，就是她一到了上海，便即刻寫信告知他。曼英回想到這裡，不禁暗暗地笑起來了：這小子發了痴，要曼英做他的小老婆……而且他還相信曼英是在深深地愛著他……我的乖乖，你可是認錯人了！你可是做了傻瓜！……曼英會做你的小老婆嗎？曼英會愛她所憎恨的敵人嗎？笑話！……

不錯，曼英到了上海之後，曾寫了一封信給陳洪運。不過這一封信恐怕要使得陳洪運太難堪，太失望了。信中的話不是向陳洪運表示好感，更不是表示她愛他，而是

四

嘲笑陳洪運的愚蠢，怒罵陳洪運的卑劣……這封信會使得陳洪運怎樣地難堪，怎樣地失望，以至於怎樣地發瘋，那只有天曉得！曼英始而覺得這未免有點太殘酷了，然而一想起陳洪運的行為來，又不禁以為這對於他只是一個小小的懲罰而已。

到上海後，曼英本想找一找舊日的熟人，然而她不知道他們的地址，終於失望。在這樣茫茫的，紛亂的大城中，就是知道地址了，找到一個人已經是不容易，如果連地址都不知道，那可是要同在大海裡摸針一樣的困難了。但是在第四天的下午，曼英於無意中卻碰見了一個熟人，雖然這個熟人現在是為她所不需要的，也是為她所沒有想到的……

午後無事，曼英走出小旅館來，在附近的一條馬路上散步。路人們或以為她是一個什麼學校的女生，現在在購買著什麼應用的物品，然而曼英只是無目的地閒逛著，什麼也不需要。路人們或者有很多的以為她是一個很美麗的女學生，但誰個知道她是從戰場上失敗了歸來的一員女將呢？……

曼英走著，望著，忽然聽見後面有人喊她：

「密斯王！曼英！」

曼英不禁很驚怔地回頭一看，見是一個很熟很熟的面孔，穿著一件單灰布長衫的少年。那兩隻眼睛閃射著英銳的光，張著大口向曼英微笑，曼英還未來得及問他，他已經先開口問道：

「密斯王，你為什麼也跑到上海來了呀？我只當你老已……」他向四周望了一望，復繼續說道：「你到了上海很久嗎？」

曼英沒有即刻回答，只向他端詳著。她見著他雖潦倒，然而並不喪氣；已經是冬季了，然而他還穿著單衣，好像並不在乎也似的。他依舊是一個活潑而有趣的青年，依舊是那往日的李士毅……

「你怎麼弄到這個倒楣的樣子呵？」曼英笑著，帶著十分同情地問他。

「倒楣嗎？不錯，真倒楣！」李士毅很活躍地說道，「我只跑出來一個光身子呵。本想在上海找到幾個有錢的朋友，揩揩油，可是鬼都不見一個，碰來碰去，只是一些窮鬼，有的連我還不如。」他扯一扯長衫的大襟，笑著說道，「穿著這玩意兒現在真

四

難熬，但是又有什麼法子呢？不過我是一個鐵漢，是餓不死，凍不死的。你現在怎麼樣？」他又將話頭挪到曼英的身上，彷彿他完全忘卻了自己的境遇。「唉，想起來真糟糕！……」愁鬱的神情在李士毅的面孔上閃了一下，即刻便很迅速地消逝了。

曼英默不一語，只是向李士毅的活躍的面孔逼視著。她覺得在李士毅的身上有一種什麼神祕的、永不消散的活力。後來她開始輕輕地向他問道：

「你知道你的哥哥李尚志在什麼地方嗎？他是不是在上海？」

「鬼曉得他在什麼地方！我一次也沒碰著他。」

「你現在的思想還沒有變嗎？」

「怎嗎？」他很驚異地問道，「你問我的思想有沒有變？老子活著一天，就要幹一天，他媽的，老子是不會叫饒的！……」他有點興奮起來了。

曼英見著他的神情，一方面有點可憐他，一方面又不知為什麼要暗暗地覺得自己在他的面前有點慚愧。她不再多說話，將自己手中的錢包打開，掏出五塊錢來，遞到李士毅的手裡，很低聲地說道：

「天氣是這樣冷了，你還穿著單衣……將這錢拿去買一件棉衣罷……」

曼英說完這話，便回頭很快地走開了。走了二十步的樣子，她略略回頭望一望，李士毅還在那原來的地方呆立著……

曼英回到自己的寓處，默默地躺下，覺著很傷心也似的，想痛痛快快地痛哭一番，李士毅給了她一個巨大的刺激，使得她即刻就要將這個不公道的、黑暗的、殘酷的世界毀滅掉。他，李士毅，無論在何方面都是一個很好的青年，而且他是一個極忠勇的為人類自由而奮鬥的戰士。但是他現在這般地受著社會的虐待，忍受著饑寒，已是冬季了，還穿著一件薄薄的長衫……同時，那些翩翩的大腹賈，那些豐衣足食的少爺公子，那些擁有福利的人們，是那樣地得意，是那樣地高傲！……有的已穿上輕暖的狐裘了……唉，這世界，我的天哪，這到底是怎樣的一個世界呵！……曼英越想越悲憤，終於悲憤得伏著枕哭起來了。

但是，當她一想到李士毅的活潑的神情，那毫無苦悶的微笑，那一種偉大的精力……那她便又覺得好像有點希望的樣子：世界上既然有這麼樣的一種人，這不是還證明著那將來還有光明的一日嗎？這不是光明的力量還沒有消失嗎？……

四

然而，曼英想來想去，總覺得那光明的實現，是太過於渺茫的事了。與其改造這世界，不如破毀這世界，與其振興這人類，不如消滅這人類。是的，這樣做去，恐怕還有效驗些，曼英想道，從今後她要做這種思想的傳播者了。

光陰一天一天地過去，曼英手中的錢便也就一天一天地消散。她寫了許多信給母親，然而總如石沉大海一樣，不見一點兒迴響。怎麼辦呢？……同時，旅館中的茶房不時地向她射著奇異的眼光，曼英覺得，如果他們發現她是一個孤單的，無所依靠的窮女郎，那他們便要即刻把她拖到街上去，或者打什麼最可怕的壞主意……怎麼辦呢？曼英真是苦惱著了。在她未將世界破毀，人類消滅以前，那她還是要受著殘酷的黑暗的侵襲，這侵襲是怎樣地可恨，同時又是怎樣地強有力而難於抵抗呵！

曼英想來想去，想不到什麼方法。唯一的希望是母親的來信，然而母親的信總不見來。也許她現在已經死了，也許她現在不再要自己的敗類的女兒了，一切都是可能的，眼見得這希望母親寄錢的事，是沒有什麼大希望了。

但是到底怎麼辦呢？曼英想到自殺的事情：頂好一下子跳到黃浦江裡去，什麼事情都完結了，還問什麼世界，人類，幹嘛呢？……但是，曼英又想道，這是對於敵人的示弱，這是卑怯者的行為，她，曼英，是不應當這樣做的。她應當繼續地生活著，為著自己的思想而生活著，為著向敵人報復而生活著。不錯，這生活是很困難的，然而曼英應當盡力地掙扎，掙扎到再不可掙扎的時候……

曼英很確切地記得，那一夜，那在她生命史中最可紀念的，最不可忘卻的一夜……

已是夜晚的十一點鐘了，她還在馬路上徘徊著，她又想到黃浦灘花園去，又想到一個什麼僻靜的所在，在那裡坐著，好仰望這天上的半圓的明月……但她無論如何不想到自己的小旅館去。她不願看見那茶房的奇異的眼光，不願聽見那隔壁的胡琴聲，那妓女的嬉笑聲……那些種種太使著她感覺得不愉快了。

她走著走著，忽然覺得有一個人和她並排地走著了。始而她並不曾注意，但是和她並排走著的人有點奇怪，漸漸地向她身邊靠近了，後來簡直挨著了她的身子。不向他注意的曼英，現在不得不將臉扭過來，看了這一位奇怪的先生到底是一個什麼人了。於是在昏黃的電光中，她看見了一個向她微笑著的面孔，——這是一個時髦的西裝少年，像這樣的面孔在上海你到處都可以看得見，在那上面沒有什麼特點，但是

四

你卻不能說它不漂亮……

曼英模糊地明白了是一回什麼事，一顆心不免有點跳動起來。但她即刻就鎮靜下來了。她雖然還未經受過那男女間性的交結，但是她在男子隊伍中混熟了，現在還怕一個什麼弔膀子的少年嗎？

「你這位先生真有點奇怪，」曼英開始說道，「你老跟著我走幹嘛呢？」

「密斯，請你別要生氣，」這位西裝少年笑著回答道，「我們是可以同路的呵。請問你到什麼地方去？」

「我到什麼地方去與你有什麼關係？」曼英似怒非怒地說。

「時候還早，」他不注意曼英說了什麼話，又繼續很親暱地說道，「密斯，我請你去白相白相好麼？我看密斯是很開通的人，諒不會拒絕我的請求罷……」

曼英聽到此地，不禁怒火中生，想開口將這個流氓痛罵一頓，但是，即刻一種思想飛到她的腦裡來了：

「我就跟他白相去，我看他能怎樣我？在那槍林彈雨之中，我都沒曾害過一點兒怕，難道還怕這個小子嗎？今夜不妨做一個小小的冒險……」

曼英想到此地，便帶著一點兒笑色，問道：

「到什麼地方去白相呢？」

那位少年一聽了曼英的這句問話，便喜形於色，如得了寶貝也似的，一面將曼英的手握起來，一面說道：

「到一品香去，很近……」他說著說著，便拉著曼英的手就走，並不問她同意不同意。曼英一面跟他走著，一面心中有點躊躇起來。一品香，曼英聽說這是一個旅館，而她現在跟著他到旅館去，這是說……曼英今夜要同一個陌生的人開旅館嗎？

「到旅館裡我不去。」曼英很迷茫不定地說了這麼一句。

「這又有什麼要緊呢！我看你是很開通的……」

曼英終於被這個陌生的少年拉進一品香的五號房間了。曼英一顆還是處女的心只是卜卜地跳動，雖然在意識上她不懼怕任何人，但是在她處女的感覺上，未免起了一種對於性的恐怖，她原來還不知道這麼一回事呵……她知道這個少年所要求的是什麼，然而她，還是一個元貞的處女……應當怎麼對付呢？她想即刻跑出去，然而她轉而一想，這未免示弱，這未免要受這位流氓的嘲笑了。她於是壯一壯自己的膽量，仍很平靜地坐著，靜觀她的對手的動靜。

這個漂亮的流氓將曼英安置坐下之後，便吩咐茶房預備酒菜來。

「敢問密斯貴姓？芳名是哪兩個字？」他緊靠著曼英的身子坐下，預備將曼英的雙手拿到他自己的手裡握著。但是曼英拒絕了他，嚴肅地說道：

「請你先生放規矩些，你別要錯看了人……」

「呵，對不起，對不起，絕對不再這樣了。」他嬉笑著，果然嚴正地坐起來，不再靠著曼英的身子了。

「你問我的姓名嗎？」曼英開始說道，「我不能夠告訴你。你稱我為『恨世女郎』好了。你懂得『恨世』兩個字嗎？」

「懂得，懂得，」他點著頭說道，「這兩個字很有意味呢。密斯的確是一個雅人……敢問你住在什麼地方？你是一個女學生嗎？」

「也許是的，也許不是的，」曼英笑著說著，「你問這個幹嘛呢？你先生姓什麼？叫什麼名字？說了半天的話，我還不知道你是一個什麼人……」

於是這個少年說，他姓錢名培生，住在法租界，曾在大學內讀過書，但是那讀書的事情太討厭了，所以現在只住在家裡白相……也許要到美國留學去……

「你的父親做什麼事情呢？」曼英插著問他。

「父親嗎？他是一個洋行的華經理。」

「這不是一般人所說的買辦嗎？」

「似乎比買辦要高一等。」錢培生很平靜地這樣回答著曼英，卻沒察覺到在這一瞬間曼英的神色有點改變了。她忽然想起來了那不久還為她所呼喊著的口號「打倒買辦階級」……現在坐在她的身旁的，向她弔膀子的，不是別的什麼人，而是一個買辦的兒子，而是她所要打倒的敵人……那嗎，曼英應當怎樣對付他呢？

茶房將酒菜端上桌子了。錢培生沒有覺察到曼英的情緒的轉變，依舊笑著說道：

「今夜和女士痛飲一番何如？菜雖然不好，可是這酒卻是很好的，這是義大利的

四

葡萄酒……」

曼英並沒聽見錢培生的話，拿起酒杯就痛飲起來。她想起來了那往事，那不久還熱烈地呼喊著的「打倒買辦階段」的口號……那時她該是多麼地相信著買辦階級一定會打倒，解放的中國一定會實現……但是曾幾何時？！曼英是失敗了，曼英現在在受著買辦兒子的侮辱，這買辦兒子向她做著勝利者的微笑……他今夜要想破壞她的處女的元貞，要汙辱她的純潔的肉體……這該是令曼英多麼悲憤的事呵！曼英到了後來，悲憤得忘卻了自己，忘卻了錢培生，忘卻了一切，只一杯復一杯地痛飲著……唉，如果有再濃厚些的酒！曼英要沉醉得死去，永遠地脫離這世界，這不公道的世界！……

曼英最後飲得沉沉大醉，幾乎完全失去了知覺……

第二天早晨醒來，她覺悟到了昨夜的經過：沉醉……錢培生任意的擺布……處女元貞的失去……她不禁哭起來了。她想道，她沒曾將自己的處女的元貞交給柳遇秋，她的愛人，也沒曾交給李尚志，她的朋友，更沒曾交給陳洪運，那個曾搭救過她的人，而今卻交給了這個一面不識的錢培生，買辦的兒子，為她所要打倒的敵人……天哪，這是一件怎樣可恥的事呵！……現在和她並頭躺著的，不是柳遇秋，不是李尚志，不是什麼愛人和朋友，而是她的敵人，買辦的兒子……天哪，這是怎樣大的錯誤！曼英而今竟失身於她的敵人了！……

曼英伸一伸腰，想爬起來將錢培生痛打一頓，但是渾身軟麻，一點兒力氣都沒有，似乎在她的生理上起了一種什麼變化……她更加哭得厲害了。哭聲打斷了錢培生的蜜夢，他柔一柔眼睛醒來了。他見著曼英伏枕哭泣，即刻將她摟著，懶洋洋地，略帶一點驚異的口氣，說道：

「親愛的，你為什麼要這樣傷心呢？你有什麼心事嗎？我錢培生是不會辜負人的，請你相信我……」

曼英不理他，仍繼續哭泣著。

「請你別要再哭了罷，我的親愛的！」錢培生一面說著，一面用手摸著她的乳房，這時她覺得他的手好像利刃一般刺在她的身上。「你有什麼困難嗎？你的家到底在什麼地方？你到底是不是一個女學生？我的親愛的，請你告訴我！」

曼英仍是不理他。忽然她想道，「我老是這樣哭著幹嘛呢？我既然失手了一著，

四

難道要在敵人面前示弱嗎？況且這又是什麼大不了的事？！不錯，我的處女的元貞是被他破壞了，但是這並不能在實質上將我改變，我王曼英依舊地是王曼英……這樣傷心幹嘛呢？……不，現在我應當取攻勢，我應當變被動而為主動……」曼英想到此地，忽然翻過臉大笑起來，這弄得錢培生莫名其妙，半晌說不出話來。

「你這是怎麼一回事呢？」後來他低聲地，略帶一點怯意地問著說。

「哈哈！」曼英伸出赤裸的玉臂將錢培生的頭抱起來了。「我的乖乖，你不懂得這是一回什麼事嗎？你是一個買辦的兒子，生著外國的腦筋，是不會懂得的呵！我問你，昨夜你吃飽了嗎？哎喲，我的小乖乖，我的小買辦的兒子……」

曼英開始摩弄著錢培生的身體，這種行為就像一個男子對待女子一樣。從前她並不知道男子的身體，現在她是為著性慾的火所燃燒著了……她不問錢培生有沒有精力了，只熱烈地向他要求著，將錢培生弄得如馴羊一般，任著她如何擺布。如果從前錢培生是享受著曼英所給他的快樂，那麼現在曼英可就是一個主動者了。錢培生的面孔並不惡，曼英想道，她又何妨儘量地消受他的肉體呢？……

兩人起了床之後，曼英稍微梳洗了一下。在錢培生的眼光中，曼英的姿態比昨夜在燈光之下所見著的更要美麗，更要豐韻了。他覺得這個女子有一種什麼魔力，這魔力已經把他暗暗地降服著了，從今後他將永遠地離不開她。早點過後，曼英一點兒也不客氣地說道：

「阿錢，我老實地告訴你，我現在沒有錢用了。你身邊有多少錢？我來看看……」

曼英說著便立起身來走至錢培生的面前，開始摸他身上的荷包。

「請你不要這樣小氣。」他很大方地說道，「從今後你還怕沒有錢用嗎？現在我身邊還有三十塊錢，請拿去用……但是明天晚上我們能夠不能夠會面呢？」錢培生的模樣生怕曼英說出一個「不」字來。曼英覺察到這個，便扯著謊道：

「我是一個女學生呵，我還是要唸書的，能夠同你天天地白相嗎？昨夜不過是偶爾的事情……」

「但是究竟什麼時候我們可以會面呢？我可以到你的學校裡看你嗎？」

四

「那是絕對不可以的，」曼英很莊重地說道：「好罷，在本星期六晚上，也許……」

「在什麼地方呢？」錢培生追不及待地這樣問。

「隨便你……還在此處好嗎？」

「好極了！」錢培生幾乎喜歡得跳起來了。

在分別的時候，曼英拍一拍錢培生的頭，笑著說道：

「我的乖乖！請你別要忘記了。如果你忘記了的話，那我可要喊一千聲『打倒買辦階級，打倒買辦階級的兒子』……」

五

「一不做，二不休」，既然下了水了，便不如在水裡痛痛快快地洗一個澡！……這是一般人的思想。曼英是一個傲性的人，當然更要照著這種思想做去了。於是從這一夜起，她便開始了別一種生活，別一種為她從前所夢想也夢想不到的生活。也許這種生活，如現在這個小阿蓮所想，是最下賤的，最可恥的生活，然而曼英那時決沒想到這一層，而且那時她還歡欣著她找到向人們報復的工具了。如果從前她沒有感覺到自己的肉體美的權威，她只以為女子應當如男子一樣，應將自己的意志、學問、事業來勝人，而不應以自己的美貌來炫耀……那麼曼英現在便感覺到了，男子所要求於女子的，並不在於什麼意志，學問和事業，而所要求的只不過是女子的肉體美而已。曼英覺悟到這一層，便利用這個做為自己的工具。曼英想道，什麼工具都可以利用，只要

五

這工具是有效驗的；如果她的肉體具有征服人的權威，那她又為什麼不利用呢？是的，那是一定要利用的！……

錢培生是為曼英所征服了。從那一夜起，他和曼英便時常地會遇著，而且每一次曼英都要捉弄他，如果他有點反抗和苦惱的表示，那麼曼英便袒出雪嫩的雙乳給他看，便給鮮紅的口唇給他嘗……接著他的反抗和苦惱便即刻消逝了。他稱呼曼英為媽媽，為親姐姐，為活神仙，一切通通都可以，但是這雪嫩的雙乳，這鮮紅的口唇，這……那是不可以失去的呵！於是錢培生成了曼英的馴羊，成了曼英的奴隸，曼英變成了主動的主人了。

但是，曼英能以錢培生一個人為滿足嗎？曼英征服了一個人之後，便不想再征服別人嗎？不，敵人是這樣地多，曼英絕對不會就以此為滿足的，她的任務還大著呵！……既然下了水了，便不如在水裡痛痛快快地洗一個澡，於是曼英便決定去找第二個錢培生，第三個錢培生，以至於無數萬的錢培生……那又有什麼要緊呢？只要是錢培生，是曼英的敵人就得了！從前曼英沒有用刀槍的力量將敵人剿滅，現在曼英可以利用自己的肉體的美來將敵人捉弄。唉，如果曼英生得還美麗些！如果曼英能壓倒全上海的漂亮的女人！……曼英不禁老是這樣地幻想著。

在數月的放蕩的生活中，曼英到底捉弄了許多人，曼英現在模糊地記不大清楚了。不過她很記得那三次，那特別的三次……

第一次，那是在黃浦灘的公園裡。午後的辰光。昨夜曼英又狠狠地捉弄了錢培生一次，弄得把自己的精神也太過於疲倦了，今天她來到公園裡想吹一吹江風，呼吸一呼吸花木的空氣。她坐在瀕著江的椅子上，沒有興趣再注意到園中的遊人，只默默地眺望著那江中船舶的來往。這時她什麼也沒想到，腦海中只是盛著空虛而已。溫和而不寒洌的江風吹得她很愉快。她的頭髮有點散亂，然而這散亂，在遊人的眼光裡，更顯出那種女學生的一種特有的風韻。已經有很多的多情的遊人向她打無線電，然而她因為沒注意，所以也就沒接受。這時她什麼都不需要，讓鬼把這些遊人，這些渾帳的東西拿去！……

忽然，一個西裝少年向曼英並排地坐下了。曼英沒有睬他。那位少年始而像煞有介事的模樣向江中望著，似乎並沒注意到曼英的存在。忽然曼英聽見他哼出兩句詩來，

五

滿懷愁緒湧如浪，
願借江風一陣吹。

曼英不禁要笑出聲來。我的天哪，她想道，這倒是什麼詩呵！這位詩人該是怎樣地多才呵！居然不知羞地將這兩句佳句念將出來，唸給曼英聽……這真是太肉麻了。曼英斜眼將他瞟了一下，見他穿得那般漂亮，面孔也生得不差，但是卻吟出這般好詩來，真是要令曼英興「金玉其外，敗絮其中」之嘆了！那位少年原想借此以表示自己的風雅，卻不料反引起了曼英的譏笑。

「你先生真是風雅的人呢，」曼英先開口向他說道，「你大約是詩人罷？是不是？」

「不敢，不敢，」他很高興地扭過臉來笑著說道，「我不過是偶爾吟兩句詩罷了，見笑，見笑。敢問女士是在什麼學校裡讀書？貴姓？」

「你先生沒有知道的必要。」曼英微笑著說，一面暗想道，這一條小魚兒還可愛，為什麼不將他釣上鉤呢？……

於是，那結果是很顯然的：開旅館……曼英和我們的風雅詩人最後是進了東亞旅館的門了。雖然是白天，然而上海的事情……這是司空見慣的，誰個也不來問你一聲，誰個也不來干涉你。

曼英還記得，在未上床之前，那位可憐的詩人是怎樣地向她哀求，怎樣地在她的面前跪下來……她開始嘲弄他，教訓他。她說，他自命為詩人，其實他的詩比屁還要臭；他自做風雅，其實他俗惡得令人難以下飯。她說，目下的詩人太多了，你也是詩人，我也是詩人，其實他們都是在放屁，或者可以說比放屁還不如……只有那反抗社會的拜倫和海涅才是詩人，才是真正的天才，只有那浪漫的李白才可以說是風雅……喂！目下的詩人只可以為他們舐屁股，或者為他們舐屁股都沒有資格！……曼英這樣亂七八糟地說了一大篇，簡直把我們的這位多才的詩人弄得目瞪口呆，不知如何表示才好。他不再向曼英哀求了，也不再興奮了，只瞪著眼坐在床上不動。後來曼英笑著把他推倒在床上，急忙地將他的衣扣解開，就好像她要強堅他也似的……他沒有抵抗，任著曼英的擺布。如果先前他向曼英哀求，那麼現在曼英是在強迫他了。……

從此以後，這位少年便和曼英發生了經常的關係。如果錢培生被曼英所捆束住

五

了，是因為他為曼英的雪嫩的雙乳，鮮紅的口唇所迷惑住了，則這位少年，他的名字叫周詩逸，為曼英所征服了的原故，除以上而外，那還因為他暗自想道，他或者遇著了一位奇女子了，或者這位奇女子就是什麼紅拂，什麼卓文君，什麼蔡文姬的化身……他無論如何不可以將她失去的。曼英的學問比他強，曼英對於文學的言論更足使他驚佩，無怪乎他要以為曼英是一個很神聖的女子了。

第二次，那是在大世界裡。她通常或是在京劇場裡聽京劇，或是在鼓書場裡聽那北方姑娘的大鼓書，其它什麼灘簧場，雜耍場……她從未在那裡坐過，覺得那裡俗惡而討厭。這一晚不知為什麼，她走進崑劇場裡聽崑劇。她覺得那歌聲是很委婉悠揚的，然而那太是中國式的，萎弱不強的了。

她坐著靜聽下去……後來，她聽見右首有什麼說話的聲音，便扭過頭來，看是怎麼一回事。就在這個當兒，她看見有一個四十歲左右，蓄著八字鬚，像一個政客模樣的人，睜著兩個閃爍的餓眼向她盯著，似乎要將她吃了也似的。曼英已經有了很多的經驗，便即刻察覺到那人的意思，向他很嫵媚地微笑了一笑。這一微笑便將那人喜歡得即刻把鬍子翹起來了。曼英見著這種光景，不禁暗自好笑。今晚又捉住了一個小鳥兒了，她想。她低著頭立起身來，向著門外走去。她覺著那人也隨身跟來了。她不即刻去睬他，還是走著自己的路，可是她聽見一種低低的，顫動的聲音了：

「姑娘，你到哪裡去？」

「回家去。」曼英回過臉來，很隨便地笑著說。

「我也可以去嗎？」那人顫動地問，如在受著拷刑也似的。

曼英搖搖頭，表示不可以。

「到我的寓處去好嗎？」他又問。

曼英故意地沉吟了一會，做著很懷疑的樣子問道：

「你的寓處在哪裡？你是幹什麼的？」

「我住在遠東飯店裡，我是幹……啊，到我的寓處後再談罷……」

曼英很正確地明白了，這是一個官僚，這是一個什麼小政客……

「好罷，那我就跟你去。」

五

眼見得曼英的答應，對於那人，是一個天大的賜與。走進了他的房間之後，他將曼英接待得如天神一般，這大概因為他見著曼英是一個女學生的打扮，而不是一個什麼普通的野雞……今夜他要嘗一嘗女學生的滋味了，可不是嗎？可是曼英進了房間之後，變得莊重起來了。她成了一個儼然不可侵犯的女學生。

「你將我引到你的寓處來幹嘛呢？」曼英開始這樣問他。

「沒有什麼，談談，嚇嚇……我是很喜歡和女學生談話的，嚇嚇……」

「你到底是幹什麼的？」曼英用著審問的口氣。

「姑娘，你想知道我是幹什麼的？」無論曼英的態度對他是如何地不客氣，而他總是向著曼莫笑。「你看我像幹什麼的？嚇嚇……在政界裡混混，從前做過廳長，道尹，……現在是……委員……」

「原來是委員大老爺，」曼英忽然笑起來了。「失敬了！我只當你先生是一個什麼很小很小的走狗，卻不料是委員大老爺，真正地失敬了！」

「沒有什麼，嚇嚇……」

曼英在談話中，忽而莊重，論起國家的大事來，將一切當委員的人們罵得連狗彘都不如，忽而詼諧，她問起來這位委員先生討了幾房小老婆，是不是還要她，曼英，來充充數……這簡直把這位委員先生弄得昏三倒四，不明白這一位奇怪的女郎到底是什麼人，現在對他到底懷著什麼心思。他開始有點煩惱起來了。他急於要嘗一嘗女學生的滋味，而這位女學生卻是這樣地奇怪莫測……天曉得！

他正在低著頭沉思的當兒，曼英靜悄悄地走到他的身邊，冷不防將他的鬍子糾了一下，痛得他幾乎要跳起來。但是他的歡欣即刻將他的苦痛壓抑住了。曼英已經坐在他的懷裡，曼英已經吻著他的臉，拍著他的頭叫乖乖……這或者對於他有點不恭敬了，但是曼英已經坐在他的懷裡，他快要嘗到女學生的滋味了，還問什麼尊嚴呢？……他沉醉了，他即刻就要……

「請你慢一慢呵！」曼英忽然離開他的懷抱，在他的面前跳起舞來，做出種種妖媚的姿態。

「姑娘，你可是把我急死了！」

五

「急死你這個雜種，急死你這個貪官汙吏，急死你這個老狗。」曼英一面罵著，一面仍獻著嫵媚。

「姑娘，你罵我什麼都行，只要你……唉，你可是把我急死了！」

「如果你要我答應，那除非你……」

「除非我怎樣？你快說呀！」

「除非你喊我三聲親娘……」

「呃，這是什麼話！」

「你不肯嗎？那嗎我就走……」

曼英說著說著，便向房門走去，這可是把這位老爺嚇壞了，連忙立起身來將曼英抱住，哀求著說道：

「好罷，我的親娘，什麼都可以，只要你答應我。」

「那嗎你就叫呀！」曼英轉過臉來笑著說。

這個委員真個就叫了三聲。

「哎喲，我的兒，」他叫完了之後，曼英拍著他的頭說，「你真個太過於撒野了，居然要堅起你的親娘來……」

曼英現在想來，那該是多麼可笑的一幕滑稽劇！她，曼英，是一個二十一歲的姑娘，而那位四十歲的委員老爺居然叫起她親娘來，那豈不是很奇特的事情嗎？

然而曼英還做過更奇特的事情呢……

那是第三次，在夜晚的南京路上。曼英逛著馬路，東張張西望望，可以說沒有懷著任何的目的。雖然在這條馬路上，她曾捉住過許多小鳥兒，可是今晚她卻沒有捉鳥兒的心思。那捉鳥兒雖然是使曼英覺得有趣的事情，然而次數太多了，那也是使曼英覺得疲倦的事情呵。不，今夜晚她不預備捉鳥兒了，和其餘的人們一樣，隨便在馬路上逛一逛……

於無意中她見著那玻璃窗前面立著一個十七八歲模樣的少年，帶著紅頂子的黑緞帽。再近前幾步，幾乎和那少年並起肩來了，她看見他真是生得眉清目秀，配稱得一個美貌的小郎君。他向那玻璃窗內陳列著的物品望著，始而沒注意到曼英挨近了他的

五

身邊，後來他覺察到了，在他的面孔上不禁呈露出一種不安的神情來。他似乎想走開，然而又似乎有什麼躊躇。他想扭過臉來好好地向曼英望一望，然而他有點羞怯，只斜著眼向曼英瞟了一下。曼英見著他那種神情，便更挨緊了他一些——於是她覺得他的身體有點顫動了；在電光中她並且可以看見他的臉上泛起紅潮來。

「這是一個初出巢的小鳥兒呵……」曼英這樣想著，便手指著窗內的貨物，似問非問地說道：

「那到底是做什麼用的？真好看呢……」

「那是……女子用的……花披巾……」這個初出巢的小鳥兒很顫動地說。這時他舉起眼來向曼英望了一望，隨又將頭扭過去了，曼英覺著他是在顫動著。

「跟我一塊兒去白相，好嗎？」曼英低低地問。

沒有回答。曼英覺著他更顫動得厲害了，眼見得他的一顆心是在急遽地跳著，猶豫著不敢決定：去呢，還是不去呢？……一個童男也就和一個處女一樣，在初次受著異性引誘的當兒，那是又害怕，又害羞，又不敢，又願意……那心情是再衝突不過的了。……

曼英不問他願意不願意，便拉起他的手來走開。他默不做聲，很柔順地，一點兒沒有抵抗，但是曼英覺著他的身體是那樣地顫動，簡直就同一個小鳥兒被人捉住了一樣。

「你住在什麼地方？」在路中曼英問他。

「在法租界……」

「你家裡是幹什麼的？」

「開……開錢莊……」

「嗯嚇，原來是一個資本家的小少爺……」曼英這樣想道，興致不禁更高漲了一些。

最後，曼英把這位小少爺拉進一家旅館裡……曼英將房門關好，將他拉到自己的懷裡，坐下來，好好地端詳了他一番。只見他那羞怯的神情，那一種童男的溫柔，令人欲醉。曼英為慾火所燃燒著了，便狂吻起來他的血滴滴的口唇，白嫩的面龐，秀麗

五

的眼睛……她緊緊地抱著他，儘量地消受他的童男的肉體……她為他解衣，將他脫得津光光地……

曼英從沒有像今夜這般地縱過欲。她忘卻了自己，只為著這位小少爺的肉體所給與的快樂所沉醉了。她想道，如果錢培生將她的處女的元貞破壞了，那她今夜晚也就有消受這個童男的權利。這是罪過嗎？不是！當全世界淪入黑暗的淵藪，而正義人道全絕跡了的時候，又有什麼可稱為罪過呢？……不，這不是罪過，這是曼英的權利呵！

第二天早晨，在要離開旅館的時候，曼英從自己的錢包裡拿出十元鈔票來，笑著遞給她所蹂躪過的對象，說道：

「將這十塊錢拿回去，告訴你的爸爸和媽媽，你說你和了一位女子睡過一夜覺，這十塊錢就是她所給的代價……」

「我不要……我有錢用……」

「不，你一定要將這十塊錢拿去！」曼英發著命令的口氣，這將這個可憐的小孩子逼得收也不是，不收也不是。最後他拗不過曼英的堅決，終於把十塊錢收下了。曼英見著他將錢收下了，該覺得是怎樣地高興呵！哈哈！她竟強堅了錢莊老闆的小兒子，竟嫖了資本家的小少爺！……

曼英一層一層地回想起來了這些不久的往事。在今日以前，她從沒曾想及這些行為是對的呢還是不對的。就是偶爾想及，那她所給與自己的回答，也是以為這是對的。她更沒曾想及她的行為是不是下賤的，是不是在賣著身體，做著無恥的勾當。曼英是在向社會報復，曼英是在利用著自己的肉體所給與的權威，向敵人發泄自己的仇恨……這簡直談不到什麼下賤不下賤，什麼無恥不無恥！

但是……曼英今晚聽見了阿蓮的話之後，卻對於自己的行為有點懷疑起來：她是不是一個最下賤的人呢？她是不是在賣著身體呢？如果是的，那她還有和這個純潔的小姑娘共睡在一張床上的資格嗎？那她，曼英，曾是一個為著偉大的事業而奮鬥的戰士，曾自命是一個純潔的，忠實的革命黨人，到了現在該墮落到什麼不堪的地步呵！現在曼英不但不是原來的曼英，而且成為了一個最下賤的人了，這是從何講起呢？不，曼英絕不是這樣，曼英是無須乎懷疑自己到這種地步的！曼英想道，也許阿蓮所

五

說的話是對的，但是她，曼英，並不是最下賤的人，並不是在賣著身體，曼英原是別一種人呵……

但是，曼英無論如何為自己辯解，總剷除不了對於阿蓮抱愧的感覺。她生怕阿蓮知道了她是什麼人，她是在幹著什麼事情。睡在床上打鼾聲的小姑娘，現在是在夢中遊玩著了，也許在看把戲，也許在鼓著雙翼在天上飛……但無論如何是不會想到曼英是一個什麼人的。曼英盡可以放心，盡可以將這些討厭的思想拋去，但是曼英如做了什麼虧心事也似的，總是在床上翻來覆去睡不著。

窗外的雨聲停止了，然而曼英的思想並沒有因之而停止。玻璃窗漸漸地泛著白色，想是已到黎明的辰光了。人們快要都從睡夢中起身了，然而曼英還是睜著兩眼，不能入夢。曼英想爬起身來，然而覺得很疲倦，一點兒力氣也沒有了。連她自己也不知為什麼，覺著很傷心也似的，又伏在枕上嚶嚶地哭泣起來了。

最後，她終於合起淚眼來，漸漸地走入夢境了……

她恍惚間立在一所荒山坡下……蔓草叢生著，幾株老樹表現著無限的淒涼。這不是別處，這正是她的南征時所經過的地方……她想起來了，密斯W是在此地埋葬的，於是她便開始尋找密斯W的墳墓。在很艱難的攀荊折藤之後，她終於找到一個小小的土堆了。那上堆前面的許多小石頭，她記得，這是她當時堆著做為記號的，當時她曾想道，也許有再來掃墓的機會……

土堆上已生著了蔓草。密斯W的屍身怕久已腐爛得沒有痕跡了，剩下的不過是幾塊如石頭一般的骨骼而已……曼英惆悵了一會，不禁淒然流下了幾點眼淚。忽然她眼前現出一個人來，這不是什麼別人，這正是密斯W，這是她所憑弔著的人……曼英恍惚間又變了別一種心境：即時快樂起來了。別了許久不見面的密斯W，現在又重新立在她的面前，又重新對她微笑，這是多麼開心的事！……但是，轉瞬間密斯W的面色變了，變得異常地憂鬱……

「曼英，你忘記了我們的約言了嗎？」曼英聽著那憂鬱的面孔開始說道：「你現在到底幹一些什麼事情？我的墳土未乾，你就變了心嗎？呵？」

「姐姐，我並沒有變心呵！我不過是用的方法不同……」

五

曼英正待要為著自己辯護下去，忽又聽見密斯W嚴厲地說道：

「不，你現在簡直是胡鬧！我們走著向上的路，向著光明的路，你卻半路中停住了，另找什麼走不通的死路，這豈不是胡鬧嗎？你現在的成績是什麼？除開糟蹋了你自己的身子而外，你所得到的效果是什麼？回頭罷！……」

密斯W說著說著，便啪地一聲給了曼英一個耳光，曼英驚醒了。醒來時，她看見阿蓮笑嘻嘻地立在床面前，向她說道：

「姐姐，可以起來了，天已不早了呢。」

六

如果我們在阿蓮的面孔上找不出其它的特異的美麗來，那在她的腮龐上的兩個圓滴滴的小笑窩，可是要令我們對她十分撫愛了。當阿蓮說話的時候，那兩個小笑窩總是要深深地顯露出來，曼英也就因此時常對那兩個小笑窩出神，她覺得那是非常地有趣而可愛。她有時竟覺得，如果那兩個小笑窩時常在她的眼前顯露著，那她便什麼也不想起，便什麼也不會引起她的愁苦來……

昨夜在電燈光下，曼英那時並不覺得阿蓮有如現在的可愛。今天在白日明晰的光線下，曼英不時地向阿蓮端詳著，見著她雖然穿得不好，雖然在那小小的面孔上也呈現著勞苦的波紋來，但是她的那一種天真的美，那一種伶俐的神情，確顯得她是一個很可愛很可愛的小姑娘。曼英現在雖然沒有什麼親人，可是在得著了這麼樣一個可愛的小妹妹之後，她覺得她是不再需要別的什麼人了。呵，只要阿蓮永遠地跟著她，只要她能永遠地看著那兩個圓滴滴的小笑窩！……

六

從清早起，阿蓮便勞作著不休：先整理房間，後掃地，接著便燒飯，洗衣服……這證明她的年紀雖小，可是她已經勞作慣了。曼英見著她做著這些事情是很自然而不吃力，很心願而不勉強。有時曼英止住她，說道：

「你不能夠，那讓我來呵。」

「姐姐，」阿蓮笑吟吟地說道，「這是很容易做的呵。媽媽活著的時候，把我這些事情教會了。我還會補衣服，縫衣服呢。姐姐，你有破了的衣服嗎？在我的姑媽家裡，燒飯洗衣服，縫衣服，補衣服，我是做得太多了的……」阿蓮說著說著，又繼續做她的事情了。曼英見著她的背影，她的一根小小的辮子，不禁暗自想道：

「這麼樣一個可憐而又可愛的小姑娘……」

一天容易過，轉瞬間不覺得又是夜晚了。吃了晚飯之後，曼英還是要出門去。昨夜的思潮雖然湧得她發生了不安的感覺，但是今天她最後想道，她已經走上了這一條路了，「這也許是死路，是不通的路，然而就這樣走去罷，還問它幹什麼呢？就讓它是死路，就讓它是不通的路！……」

昨晚她對錢培生失了約，今晚她要到天韻樓去，或者可以碰得見他。就是碰不見他，那也沒有什麼要緊，反正曼英不希罕一個小買辦的兒子……曼英是可以找得到第二個錢培生，第三個錢培生的。

「妹妹，你留在家裡，我要出去，也許我今晚不回來睡了……」

曼英在要預備走出的當兒，這樣地向阿蓮說。

「姐姐，你到什麼地方去？」在阿蓮的腮龐上又顯露出來兩個圓滴滴的小笑窩了。曼英向她出了一會神，很不自然地說道：

「我，我到一個夜學校去……」

「到夜學校去？讀書嗎？」

「不，我是在那裡教書。」

曼英捉住了自己是在扯謊，不禁在阿蓮面前隱隱地生了羞愧的感覺。她生怕阿蓮

六

察覺出來她是在扯謊……但是阿蓮什麼也沒有察覺，只向她懇求著說道：

「把我也帶去罷，我是很想讀書的呢。媽媽說，一個人認不得字，簡直是瞎子……」

「妹妹，」曼英有點著急了。「那學校裡你是不能去的。」

「姐姐，我明白了。」

這句話將曼英嚇得變了色：她明白了，明白了什麼呢？明白了曼英是在扯謊嗎？明白了曼英是到一個什麼不好的地方去，而不是到夜學校去嗎？……

「你明白了什麼呢？」曼英心跳著這樣匆促地問。

「那學校裡不准窮人的孩子讀書，是不是？」阿蓮沒察覺到曼英的神色，依舊很平靜地這樣問她。

「是的，是的，」曼英如卸了一副重擔子也似的，即時地把心安下來了。「無論什麼學校，都是不准窮人的孩子讀書的。」

阿蓮望著曼英，慢慢地，慢慢地，將頭低下來了。曼英感覺得她的一顆小心靈是為失望所包圍著了。她意識到她是一個窮女兒，她永遠地不能讀書，也就永遠地不會認得字了……一種悲哀的同情心幾乎要使得曼英為阿蓮流起淚來。

「妹妹，」曼英摸著阿蓮的頭說道，「你別要傷心呵！……我是會教你認字的呵……從明天起，我在家裡就教你認字，好嗎？」

「真的嗎？」阿蓮抬起頭來，又高興得喜笑顏開了。她拉住了曼英的手，很親暱地說道：「好姐姐，你真是我的好姐姐呵！如果你把我教會了，認得字，那我將該多麼地快活，真是要開心死了！……」

這樣，曼英將阿蓮說得安了心，阿蓮用著很信任的眼光將曼英送出房來……但是曼英走到街上時，無論如何不能擯去羞愧的感覺，因為她騙了阿蓮，因為她現在不是走向什麼夜學校，而是走向天韻樓，走向那人肉市場的天韻樓……如果阿蓮曉得了她是走向這種不光明的場所去！……曼英想到此地，不禁一顆心有點驚顫起來了。

在天韻樓裡曼英真個碰見了錢培生。錢培生見著了曼英，又是驚喜，又是怨望。沒有說什麼話，兩人便走進那天韻樓上的大東旅館了。兩人坐下來了之後，錢培生帶

六

著一種責問的口氣說道：

「我等了你一夜，你為什麼不來呢？你不怕等壞了人嗎？」

「誰教你等來？」曼英很不在意地說道，「那只是你自己要做傻瓜。」

「哼，你大概又姘上了什麼人，和著別人去開旅館去了罷……」

「笑話！」曼英立起身來，現著滿臉怒容，拍著桌子說道，「你把我買了嗎？我是你的私有財產嗎？你父親可以占有你的媽媽，可是你卻不能占有我。我高興和誰個姘，就和誰個姘，你管得我來！你應當知道，今天我可以同你睡覺，明天我便可以把你拋到九霄雲外去。不錯，你有的是幾個臭錢，可是，呸，別要說出來汙壞了我的舌頭！……」

曼英越說越生氣，好像她適才對於阿蓮的羞愧，現在都變成對於錢培生的憤怒了。照著她現在的心情，真要把錢培生打死，罵死，侮辱死，才能如意。忽然，曼英出乎錢培生意料之外地倒在床上，哈哈地大笑起來了。這弄得錢培生莫名其妙：曼英是在真正地向他發火，還是向他開玩笑呢？……

「你是怎麼著了？」停了一會，錢培生帶著怯地問道，「你發了神經病嗎？」

曼英停住了笑，從床上立起身來，走向錢培生跟前，將他的頭抱起來，輕輕地說道：

「我並不怎麼著，也沒發什麼神經病，不過我以為你太傻瓜了，我的小買辦的兒子！從今後你不可以在我的面前說閒話，你知道了嗎？……」

錢培生一點兒也不響。馴服得就同小哈叭狗一樣。

「上床睡覺吧，我的小乖乖！」曼英將他的頭拍了一下，說道：「可是今夜你不准挨動我，我太疲倦了……」

在睡夢中，恍惚間，她又走到那荒涼的山坡了，她又見著了密斯W的墳墓……密斯W又向她說了同樣的話……

第二天早晨醒來，曼英將昨夜的夢又重新溫述一番，覺得甚是奇怪：為什麼昨夜的夢與前夜的夢相同呢？難道說密斯W的魂靈纏住了她嗎？……曼英笑著想道，這是不會的，密斯W的魂靈絕對地不會來擾亂她……這不過是因為她的心神的不安之所致

六

罷了。「管它呢！……」曼英終於是這樣地決定了。

曼英本來不願意醒了之後就起身的，可是她想起來了留在家中的孤單的阿蓮，覺著有點不安起來：阿蓮昨夜也不知睡著了沒有？她一個人睡覺怕不怕？……也許曼英走出之後，阿蓮隨著也就跑了，也未可知……曼英本來很知道這事情是不會發生的，然而她本能地為著不安，急於要回到家中看一看。

在剛要走近寧波會館的當兒，曼英看見迎面來了兩個男人：一個穿著藍布衣服的工人，那別一個雖然也穿著黑色的短褂褲，形似工人模樣，但他的步調總還顯得有點知識階級的氣味。他戴著鴨嘴帽子，曼英始而沒看清楚他的面孔，後來逼近一些，曼英便在那鴨嘴帽子的下面看出一個很熟的面孔來：一個獅子鼻子，兩只黑滴滴的眼睛……這是曾做過曼英的友人，曾要愛過曼英而曼英不愛他的李尚志。雖然衣服穿得不同了，但他的眼睛還是依舊地射著果毅而英勇的光，他的神情還是依舊地那樣誠樸而有自信。他還是曼英從前所見著的李尚志，他還是被H鎮的熱烈的氛圍所陶醉了的時候的李尚志。曼英覺得他一點兒都沒有變。政局變動了，有許多人事也變遷了，甚至於那漢江的水浪也較低落了三尺，然而曼英覺得李尚志依舊是李尚志，李尚志的一顆心依舊地熱烈，堅忍而忠勇……曼英有點茫然了：招呼他還是不招呼他呢？曼英現在已經走上了別一條路，曼英已經不是從前的曼英了，既然如此，那曼英有沒有再招呼李尚志的必要呢？

曼英立著不動，如木偶一樣……李尚志走到她的跟前，向她愣了一眼，略停一停，便又和著自己的同伴向前走去了。他似乎認出來了曼英，又似乎沒將她認出來。曼英在原地方呆立了十幾分鐘之後，忽然間覺得自己的一顆心有點悲痛起來。她以為李尚志是認出來了她，而不知因為什麼原故，只愣了她一眼，便毫無情面地離開她而走去……也許他覺察出來了曼英已經不是先前的曼英了，曼英成為了一個最下賤的人，最不足道的女子……不錯，他曾是過曼英的好友，曾愛過曼英，然而他愛的是先前的曼英，而不是現在的，這個剛從旅館出來的娼妓……

曼英越想越加悲痛起來了。為什麼李尚志不理她呢？為什麼李尚志是那樣地鄙棄她？難道說她真已成了一個最下賤的女子了嗎？曾幾何時？！友人變成了路人，愛她的現在鄙棄她！這到底是怎麼一回事呢？如果是別人，是什麼買辦的兒子，什麼委員，這樣地對待曼英，曼英只報之以唾沫而已，管他媽的！但是李尚志，這個曾經愛

六

過曼英的人……這未免太使曼英難堪了！

然而曼英是一個傲性的人，她轉而一想，便也就將這件事情丟開了。理也好，不理也好，鄙棄也好，不鄙棄也好，讓他去！難道說曼英一定需要李尚志的友誼不成嗎？笑話！……於是曼英想企圖著將李尚志忘卻，就算作沒有過他這個人一樣。但是，奇怪得很！李尚志的面孔老是在曼英的腦海裡旋轉著，那一眼，那李尚志愣她的一眼，曼英覺得，老是在向她逼射著……曼英不禁有點苦惱起來了。

走到家裡之後，阿蓮向她歡迎著的兩個小笑窩，頓時把曼英的不愉快的感覺壓抑下來了。曼英抱著阿蓮的頭，很溫存地吻了幾下。她問她昨夜有沒有睡著覺，害不害怕……阿蓮搖著頭，笑著說道：

「怕什麼呢？我從小就把膽子養大了。你昨夜在夜學校裡睡得好嗎？你一個人睡嗎？」

這一問又將曼英的心境問得不安起來了。她寒糊地說了幾句，便將話頭移到別的事情上去，可是她很羞愧地暗自想道：

「我騙她說，我是睡在夜學校裡，其實我是睡在旅館裡……我說我是一個人睡，其實和著我睡的還有一個小買辦的兒子……這是怎樣地可恥呵！……」

曼英照常地過著生活……雖然對於阿蓮抱愧的感覺不能消除，夢中的密斯W的話語不能忘卻，李尚民的面目猶不時地出現在她的腦海裡，然而曼英是很能自加抑制的人，並不因此而就改變了那為她所已經確定了的思想。不錯，李尚志所加於她的鄙棄，使著她的心靈很痛苦，一方面對於李尚志發生仇恨，一方面又隱隱地感覺得李尚志有一種什麼偉大的力將她的全身心緊緊地壓迫著……但是曼英總以為自己的思想是對的，所以也就把這一層硬罷之不問了。

光陰如箭也似地飛著……

又是一個禮拜。

又是在寧波會館的前面。

這一次，曼英見著李尚志依舊穿著黑色的短褂褲，依舊頭上戴著鴨嘴帽子，在他的身上一切都仍舊……不過他的同伴現在是一個二十左右女學生模樣的女子了。兩人

六

低著頭，並排地走著，談得很親密。他們倆好像是夫妻，然而又好像是別的……這一次，李尚志走至曼英面前，停也沒有停，看也沒有看，彷彿他完全為那個女子，或者為和那個女子的談話所吞食了，一點兒也顧及不到別的。世界上沒有別的什麼人了，曼英也沒有了，有的只是他，李尚志，和那個同他談話的女子……

李尚志和自己的女同伴慢慢地，慢慢地走遠了，而曼英還是在原處呆立著。她自己也幾乎要懷疑起來了：在這世界上大概是沒有曼英這樣一個人的存在罷？……不然的話，為什麼李尚志一點兒都沒感覺到她？……

「這是他的愛人罷，」曼英最後如夢醒了也似地想道，「是的，這一定是他的愛人！當然羅，他現在已經有了愛人，還理我幹什麼呢？從前他曾經愛過我，曾經待我好，但是……現在……他已經有了愛人了……他可以不再要我了。他可以把我當成死人了。」

一種又酸又苦的味忽然湧上心來，曼英於是哭起來了。剛一走進房中，便向床上倒下，並沒問阿蓮，如往日一樣，稍微溫存一下。阿蓮的兩個圓滴滴的小笑窩也不能再消除她的苦悶了。

「姐姐，你為什麼今天這樣苦惱起來？」阿蓮伏在曼英的身上，輕輕地這樣問著說。曼英沒做聲，只將阿蓮的手握著不動。

曼英一方面似乎恨李尚志，嫉妒那和李尚志並排走著的女子，但一方面她想起了柳遇秋來……曼英本來是有過愛人的，曼英本來很幸福地嘗受過愛情的滋味，曼英本來沉醉過於那柳遇秋的擁抱……但是這些都是往事，都是已經消逝了的美夢，再也挽轉不回來了。現在柳遇秋在什麼地方呢？是死還是活？是照舊地和李尚志一樣前進著，還是如曼英一樣走上了別一條路？……曼英的身子已經是被汙穢了，不必再想起那純潔的，高尚的愛，更不必嫉妒那個和李尚志並排走著的女子，也不必恨李尚志忘卻了自己……但是……李尚志是曾愛過曼英的人呵……而他現在有著別一個女子！不再需要曼英對於他的愛了！……

曼英越想越悲傷起來。

「姐姐，請你告訴我，你為什麼要這樣傷心呢？」

唉，如果曼英能將自己的傷心事向阿蓮全盤地傾吐出來！……阿蓮年紀還小，阿

六

蓮是不懂得姐姐為什麼要傷心的。

「但是柳遇秋現在到底在什麼地方呢？」曼英最後停住了哭泣，想道：「李尚志一定知道他的消息……無論如何，我應當和李尚志談一談話！就讓他鄙棄我……」

第二天曼英立在寧波會館前面等候了半天，然而沒有等到。

第三天……結果又是失望。然而曼英知道李尚志是一定要經過這條路的，她終久是可以等得到他的。

第四天，曼英的目的達到了。李尚志依舊穿著黑色的短褂褲，依舊頭上戴著鴨嘴帽子，在他的身上一切都仍舊……不過他現在沒有同伴了，只是一個人獨自地走著。這一次，他可是沒有隨便地在曼英面前經過了。他認出來了曼英……他停住了腳步。兩眼向曼英直瞪著，彷彿他發了痴一般，一句話也不說。曼英見著他這種神情，不禁有點猶豫起來。如果她走向前去和李尚志打招呼，那李尚志會將怎樣的態度對她呢？……

「你不是李尚志嗎？」最後曼英冒著險去向李尚志打招呼。

李尚志點一點頭。

「你不認得我了嗎？」曼英又追問著這麼一句。

李尚志慢慢地低下頭來，輕輕地說道：

「我認得，我為什麼不認得你呢？」

曼英也將頭低下來了，不知再說什麼話為好。兩人大有相對著黯然神傷的模樣。

「你現在好嗎？」停了一會，曼英聽著李尚志開始說道：「我們已經快要有一年沒見面了……你和柳遇秋現在……怎樣了？……他現在做起官來了呢。」

「尚志，你說什麼？」曼英聽了李尚志的話，即刻很驚訝地，急促地問道：「他，他已經做了官嗎？啊？」

「難道說你不知道嗎？」李尚志抬起頭來，輕輕地，帶著一點驚詫的口氣問。曼英沒有做聲，只逼視著李尚志，似乎不明白李尚志的問話也似的。後來她慢慢地又將頭低下來了。

「尚志，」兩人沉默了一會，曼英開始驚顫地說道，「人事是這般地難料！他已經做了官，可是我還在做夢，我不知道他是這樣的一個人……尚志，你還是照舊嗎？你還是先前的思想嗎？」

李尚志向曼英審視了一下，似乎要在曼英的面孔上找出一個證明來，他可否向她說實在話。他看見曼英依舊是曼英，不過在她的眼底處閃動著憂鬱的光芒。他告訴了她實在話：

「曼英，你以為我會走上別的路嗎？我還是從前的李尚志，你所知道的李尚志，一點也沒有變，而且我，永遠是不會變的……」

「尚志，你不說出來，我已經感覺得到了。你是不會變的。不過我……」

「不過你怎樣？」

「此地不是說話的地方呵，到我住的地方去好嗎？」

「你一個人住嗎？」李尚志有點不放心的神情。曼英覺察出來了這個，便微微地笑著說道：

「雖然不是一個人住，可是跟我住著的是一個不十分知事的小姑娘，不要緊……」

於是兩人默默地走到曼英的家裡。

曼英自己也有點奇怪了。雖然過了幾個月的放蕩生活，雖然也遇著了不少的男人，但曼英總沒曾將一個人帶到過家裡來；在她的一間小亭子間裡，從沒曾聞著過男人的氣息。如果不是在最後的期間，曼英得著了一個小伴侶，阿蓮，那恐怕到現在她還是一個人住著。她是決意不將任何人引到自己的小窩巢來的。雖然錢培生，雖然其餘的客人，也曾多番地請求過，但是曼英總是拒絕著說道：

「我的家裡是不可以去的呵！……」

但是，現在……李尚志並沒請求她，連一點兒意思都沒有表示，為什麼曼英要自動地向他提議到自己的住處去呢？李尚志不是一個男人嗎？……曼英自己實在有點覺得奇怪了。但這種奇怪的感覺不久便消逝了，後來她只想道，「他到我的家裡去是不要緊的呵！而且近來我感覺得這樣寂寞，讓他時常來和我談談話罷……」曼英想到此地，不禁覺得自己如失去了一件什麼寶貴的物品，現在又重新為她所找到了也似的。

六

李尚志不敢遽行進入曼英的房裡，他向內先望了一望。他見著一個十二三歲的小姑娘伏在桌子上寫字……此外沒有別的，有的只是那在床頭上懸著的曼英的相片，桌子上的一堆書籍……

阿蓮見他們二人走進房裡，便很恭敬地立起身來，一聲也不響。李尚志走近桌子跟前，看見那上面一張紙上寫著許多筆畫歪斜的字：「父親……母親……打死……病死……阿蓮不要忘記……」

「阿蓮，」曼英沒有看見那字，摸著阿蓮的頭，向她溫存地問道：「你今天又寫了一些什麼字呀？我昨天教給你的幾個字，你忘記了沒有？」

「沒有忘記，姐姐。」阿蓮低著頭說道，「我唸給你聽聽，好嗎『父母慘死，女兒復仇……』對嗎？」

「呵，好妹妹！讓我看看你今天寫了些什麼，」曼英離開阿蓮，轉向李尚志說道，「你為什麼看得這樣出神呀？」

李尚志向椅子上坐下了。他的面容很嚴肅，手中仍持著阿蓮的字，一聲不響地凝視著。他如沒聽見曼英的話也似的。曼英不禁覺得有點奇怪，便從李尚志手中將那紙拿開，預備看一看那上面到底寫了些什麼，就在這個當兒，李尚志開始向曼英問道：

「這個小姑娘姓什麼？她怎麼會和你住在一塊呢？很久了嗎？」

曼英不即回答他，走向自己的一張小鐵床上坐下了。她向低著頭立著不動的小阿蓮望著，不忍遽將阿蓮的傷心史告訴給李尚志聽，但是在別一方面，她又覺得非將這一段傷心史告訴他不可，似乎地，李尚志有為阿蓮復仇的力量也似的，而她，王曼英，卻沒有這種力量……

於是李尚志便從曼英的口中，聽見了阿蓮的父母的慘死那一段悲痛的傷心史……李尚志靜聽著，而阿蓮聽到中間卻掩面嚶嚶地哭起來了。她的兩個小肩頭不斷地抽動著，這表示她哭得那般傷心，那般地沉痛。

曼英不忍再訴說下去了，她覺得自己的鼻孔也有點酸起來。她忘卻了自己，忘卻了還有許多話要向李尚志說，一心只為著小阿蓮難過。後來她將阿蓮拉到自己的懷裡，先勸阿蓮不要哭，不料阿蓮還沒有將哭停住，她卻抱著阿蓮的頭哭起來了。這時

六

曼英似乎想起來了自己的身世，好生悲哀起來，這悲哀和著阿蓮的悲哀相混合了，為著阿蓮哭就是為著自己哭……

李尚志看一看自己的手錶，忽然立起身來，很驚慌地說道：

「我還有一個緊要的地方要去一去，非去不可。我不能在此久坐了，曼英，我下次再來罷。」

李尚志說著便走出房門去，曼英連忙撇開阿蓮，在樓梯上將他趕上，拉住說道：

「尚志，你一定要來呵！我請求你！我們今天並沒有談什麼話呢！……」

「是是是，我一定來！」

於是曼英將他送出後門，又呆呆地目送了他一程。回到房中之後，阿蓮牽著她的手，問道：

「姐姐，他是一個什麼人呵？」

「妹妹，他是……」曼英半晌說不出一個確當的名詞來。「他是……他是一個很好很好的好人呵！他想將世界造成那麼樣一個世界，也沒有窮人，也沒有富人，……

你懂得了嗎？」

「我有點懂得，」阿蓮點一點頭，如有所思也似的，停了一會，說道，「他是衛護我們窮人的嗎？」

「呵，對啦，對啦，不錯！他就是這麼樣的一個人呢！不過，你知道他很危險嗎？這衛護窮人是犯法的事情呢，你明白嗎？捉到是要槍斃的……」

「姐姐，我明白了。我的爸爸就是為著這個被打死的，可不是嗎？」曼英沒有再聽見阿蓮的話，她的思想集中到李尚志的身上了。他還是那般地匆忙，那般地熱心，那般地忠誠，一點兒也沒改變……「一個偉大的戰士應當是這樣的罷？……」她是這樣地想著。李尚志的偉大漸漸地在她的眼中擴大起來，而她，曼英，曾自命過為戰士的曼英，不知為什麼，在她的眼中反漸漸地渺小起來……

六

七

大世界！大世界！住居在上海的人們誰個不知道大世界呢？這是一個巨大的遊戲場，在這裡有的是各種遊藝：北方的雜耍，南方的灘簧，愛文的去聽說書，愛武的去看那刀槍棍棒，愛聽女人的京調的去聽那群芳會唱……

同時，這又是一個巨大的人肉市場，在這裡你可以照著自己的口味，去選擇那胖的或瘦的姑娘。她們之中有的後邊跟著一個老太婆，這表明那是賤貨，那是揚州幫；有的獨自往來，衣服也比較穿得漂亮，這表明她是高等的淌白，其價也較昂。有的是如妖怪一般的老太婆，有的是如小雞一般的小姑娘，有的瘦，有的胖，有的短，有的長……呵，聽揀罷，只要你荷包中帶著銀洋……

呵，大世界！大世界！住居在上海的人們誰個不知道大世界呢？在這裡可以看遊

七

藝，在這裡又可以弔膀子……

每逢電燈一亮的辰光，那各式各種的貨色便更湧激著上市了。這時買主們也增加起來，因之將市場變得更形熱鬧。有一天晚上，在無數的貨色之中，曼英也湊了數，也在買主們的眼中閃動，雖然在意識上曼英不承認自己是人肉，不承認那些人們是她的買主……但是在買主們看來，她，曼英，是和其它的貨色一樣的呵。曼英能夠向他們聲明，她是獨特的嗎？如果她這種聲明著自己的獨特性，那所得到的結果，只不過要令那些買主們說她是發痴而已。

照著平時一樣，曼英做著女學生模樣的打扮：頭上的髮是燙了的，身上的一件旗袍是墨綠色，腳下的是高跟皮鞋……一切都表明她是一個很素雅，很文明，同時又是很時髦的女學生。這是一件很特出的貨色呵！她的買主不是那些冤大頭，而是那些西裝少年，那些文明紳士……

曼英坐在一張被電光所不十分照著的小桌子旁邊喫茶，兩眼默默地靜觀著在她面前所來往的人肉。她想像著她們的生活，她們的心理……看著她們那般可憐而又可笑的模樣，不禁發出深長的嘆息。她忘卻她自己了。在不久以前，她認識了一個姑娘，那姑娘是不久才開始做起生意的。曼英問起了她的身世，問她為什麼要幹著這種苦痛的勾當……那姑娘哭起來了……

「姐姐，你哪裡曉得？不幹又有什麼法子呢？我幾次都想懸樑吊死，可是連行死的機會都沒有。家中把我賣到堂子來了，那我的身體便不是我自己的了，他們不許我死……我連死都死不掉！……若兩夜接不到客人，那鴇母便要打我，說我面孔生得不好哪，不會引誘客人哪……一些最難聽的話。姐姐呵，世界上沒有比我們這樣的人再苦的了！……」

那姑娘還不知道曼英是什麼人，後來一見面時，便向曼英訴苦。曼英因此深深地知道妓女的生活，妓女的痛苦……唉，這世界，這到底是什麼世界呢？！……曼英是這樣想著，然而她卻忘卻了她自己是在過著一種什麼生活。今晚，曼英又在人叢中看見那個可憐的姑娘了，然而曼英故意地避開了她，不願意老聽著她那每次都是同樣的話；此外，她那從眼底深處所射出來的悲哀的光，實在是使曼英的一顆心太受刺激了。是的，曼英實在地不願意再見她了。

唉，這世界，這到底是什麼世界呢？！……曼英繼續地這樣想著，忽然一個穿著

七

武裝便服，戴著墨色眼鏡的少年，向她隔著桌子坐將下來了。曼英驚怔了一下，似乎那面孔有點相熟，曾在什麼地方見著過也似的。曼英沒有遽行睬他，依舊像先前一樣地坐著不動，但是心中卻暗想道，「小鳥兒也捉過許多，但是像這樣羽毛的還沒有捉過呢……」於是曼英便接連著向那武裝少年溜了幾眼。

「請問女士來了很久嗎？」曼英聽著那少年開始用著北京的話音向她說話了。「大世界的遊人真是很多呢……」

「你先生也常來此地嗎？」曼英很自然地笑著問。

「不，偶爾來一兩次罷了。敢問女士是一個人來的嗎？」

「是的。一個人到此地來白相相……」

曼英既然存著捉小鳥兒的心思，而那小鳥兒又懷著要被捉著的願望，這結果當然是明顯的了。兩人談了幾句話之後，便由那武裝少年提議，到遠東旅館開房間去……

曼英一路中只盤算著怎樣捉弄這個小鳥兒的方法。如果她曾逼迫過一個四十幾歲的委員老爺向自己叫了三聲親娘，如果她曾強姦過一個錢莊老闆的小少爺，如果她很容易地侮弄了許多人，那她今天又應當怎樣來對付這個漂亮的武裝少年呢？……這個小鳥兒，眼見得，不同別的小鳥兒一樣，是不大容易對付的……但是，曼英想道，今夜晚她是無論如何不能把他放鬆的！曼英既然降服了許多別的小鳥兒，難道沒有降服這個小鳥兒的本事嗎？

在路上兩人並沒有說什麼話。遠東旅館離大世界是很近的，不一會兒便到了。原來……原來那九號房間已經為那武裝少年所開好了的，他並沒有問過茶房，便引著曼英走進。女人的鼻子是很尖的，曼英走入房間後，即刻嗅出還未消逝下去的香水的，脂粉的和女人的頭髮的氣味。也許在兩小時以前，這位武裝少年還在玩弄著女人呢……

曼英坐下了。武裝少年立在他的前面，笑嘻嘻地將臉上的墨色眼鏡取下。他剛一將墨色眼鏡取下，便驚怔地望後退了兩步，幾乎將他身後邊的一張椅子碰倒了。曼英這時才看見了那兩只秀麗而嫵媚的眼睛，才認出那個為她起初覺得有點相熟的面孔來，這不是別人，這是柳遇秋，曾什麼時候做過曼英的愛人，而現在做了官的柳遇秋……曼英半晌說不出話來，然而她只是驚愕而已，既不歡欣，也不懼怕。眼見得柳

七

遇秋更為曼英所驚愕住了。在墨色眼鏡的光線下，他沒認出，而且料也沒料到這個燙了髮，穿著高跟皮鞋的女郎，就是那當年的樸素的曼英，就是他的愛人。現在他是認出曼英來了，然而他不能相信這是真事，他想道，這恐怕是夢，這恐怕是幻覺……他所引進房間來的絕不是曼英，而是別一個和曼英相像的女子……曼英是不會在大世界裡和他弔膀子的！……但是，這的確是曼英，這的確是他的愛人，他並沒有認錯。在柳遇秋的驚神還未安定下來的時候，曼英已經開口笑起來了，她笑得是那般地特別，是那般地不自然，是那般地寒著苦淚……這弄得柳遇秋更加驚怔起來。停了一會，曼英停住了笑，走至柳遇秋的面前，用眼逼視著他，說道：

「我道是誰，原來我們是老相識呵。你不認得我了嗎？我不是別人，我是王曼英，你所愛過的王曼英，你還記得嗎？貴人多忘事，我知道這是很難怪你的。」

「曼英，你……」柳遇秋顫動著說道，「我不料你，現在……居然……」他想說出什麼，然而他沒有說出來。曼英已經明白他的意思了。

「你不料我怎樣？你問我為什麼在大世界裡做野雞嗎？那我的回答很簡單，就因為你要到大世界裡去打野雞呵。我謝謝你，今天你是先找著我的。你看中了我罷，是不是？哈哈，從前你是我的愛人，現在你可是我的客人了。我的客人，你是我的客人，你明白了嗎？哈哈哈！……」

曼英又倒在沙發上狂笑起來了。柳遇秋只是向她瞪著眼睛，不說話。後來他走向曼英並排坐下，驚顫地說道：

「曼英，我不明白你……你難道真是在做這種事情嗎？……」

曼英停住了笑，輕輕地向柳遇秋回答道：

「你很奇怪我現在做著這種事情嗎？我為什麼要如此，這眼見得你死也不會明白。好，就算作照你的所想，我現在是在賣身體，但是這比賣靈魂還要強得幾萬倍。你明白嗎？遇秋，你是將自己的靈魂賣了的人，算起來，你比我更不如呢……」

「你，你說的什麼話？！」柳遇秋驚愕得幾乎要跳起來了。但是曼英似乎很溫存地握住他的手，繼續說道：

「你現在是做了官了，我應當為你慶賀。但是在別一方面，我又要哀弔你，因為你的靈魂已經賣掉了。你為著要做官，便犧牲了自己的思想，自己的歷史，拋棄了自

七

己的朋友……你已經不是先前的，為我所知道的柳遇秋了。你已經出賣了自己的靈魂……不錯，我是在賣身體，但是我相信我的靈魂還是純潔的，我對於我自己並沒有叛變……你知道嗎？曼英是永遠不會投降的！她的身體可以賣，但是她的靈魂不可以賣！可是你，遇秋，你已經將自己的靈魂賣了……」

「曼英，」停了一會，柳遇秋低聲說道，「你也不必這樣地過於罵我。做了官的也不止是我一個，如果說做了官就是將靈魂賣了，那賣靈魂的可是太多了。我勸你不必固執己見，一個人處世總要放圓通些，何必太認真呢？……現在是這樣的時代，誰個太認真了，誰個就吃老虧，你知道嗎？……什麼革命不革命，理想不理想，曼英，那都是騙人的……」

「遇秋，你說的很對！我知道，賣靈魂的人有賣靈魂的人的哲學，傻瓜也有傻瓜的哲學，哲學既然不同，當然是談不攏來。算了罷，我們還是談我們的正經的事情！」曼英又強做笑顏，向柳遇秋斜著媚眼，說道：「敢問我的親愛的客人，你既然把我引進旅館來了，可是看中了我嗎？你打算給我多少錢一夜？我看你們做官的人是不在乎的……」

曼英說著說著，將柳遇秋的頭抱起來了，但是柳遇秋拉開了她的手，很苦惱地說道：

「曼英，請你別要這樣罷！我真沒料到你現在墮落到這種地步！」

「怎嗎？你沒料到我墮落到這種地步？那我也要老實向你說一句，我也沒料到你墮落到這種地步呢！你比我還不如呵！……為什麼我們老要談著這種話呢？從前我們倆是朋友，是愛人，是同志，可是現在我們倆的關係不同了。你是我的客人，我的客人呵……」

曼英說至此地，忽然翻過身去，伏著沙發的靠背，痛哭起來了。她痛哭得是那般地傷心，那般地悲哀，彷彿一個女子得到了她的愛人死亡了的消息一樣。曼英的愛人並沒有死，柳遇秋正在她的旁邊坐著……但是曼英卻以為自己的愛人，那什麼時候為她所熱烈地愛過的柳遇秋已經死了，永遠不可再見了，而現在這個坐在她的旁邊的人，只是她的客人而已。她想起來了那過去的對於柳遇秋的愛戀和希望，那過去的溫存和甜蜜，覺得都如煙影一般，永遠地消散了。於是她痛哭，痛哭得難於自己……

唉，人事是這般地難料！曼英怎麼能料到當年的愛人，現在變成了她的客人呢？

七

柳遇秋在房中踱來踱去，想不出對付曼英的方法。他到大世界是去尋快樂的，卻不料帶回來了一團苦惱……這真是天曉得！……他不知再向曼英說什麼話為好，只是不斷地說著這麼一句：

「曼英，我真不明白你……」

是的，他實在是不明白曼英是怎麼一回事。為什麼要做這種事情？為什麼又說出什麼賣靈魂……一些神祕的話來？為什麼忽而狂笑，忽而痛哭？得了神經病嗎？天曉得！……但是他轉而一想，曼英現在的確漂亮得多了呢，如果他還能將她得到手裡！……柳遇秋一方面很失望，但一方面又很希望：美麗的曼英也許還是他的，他也許能將她獨自擁抱在自己的懷裡。……他想著想著，忽然又聽見曼英狂笑起來了。

「我是多麼地傻瓜！」曼英狂笑了幾聲，後來停住了，自對自地說道：「我竟這麼樣地哭起來了。過去的讓它過去，我還哭它幹嘛呢？但是，回一回味也是好的呢。遇秋，你還記得我們初見面的時候嗎？來呵，到這裡來，來和我並排坐下，親熱一親熱罷，你不願意嗎？」

柳遇秋走向曼英很馴服地並排坐下了。曼英握起他的手來，微笑著向他繼續說道：

「真的，遇秋，你還記得我們初見面的時候嗎？那是前年，前年的春天……你立在演講臺上，慷慨激昂地演著說，那時你該是多麼地可愛！當你的眼光射到我的身上時，我的一顆處女的心是多麼地為你顫動呵！……從那一次起，我們便認識了，我便將你放在我的心裡。你要知道，在你以前，我是沒注意過別的什麼男子的呵……」

曼英沉思了一會，又繼續說道：

「遇秋，你還記得那在留園的情景嗎？那是春假的一天，我們學生會辦事的人會踏青，你領著頭……那花紅草綠，在在都足以令人陶醉，我是怎樣地想傾倒在你的懷抱裡呵！後來，當他們都走開了，我們倆坐在一張長凳子上，談著這，談著那，談了許許多多的事情。但是在我的心裡，我只說著一句話：『遇秋，我愛你呵！』……唉，那時的感覺該多麼地甜蜜！遇秋，你還記得你那時的感覺嗎？」

柳遇秋點一點頭，低低地說道：

七

「曼英，我還記得。那時我真想將你擁抱起來……」

「呵，遇秋，你還記得你寫信催我到H鎮入軍事政治學校的事情嗎？你還記得我在H鎮旅館初次見著了你的面，那一種歡欣的神情嗎？我想你一定都是記得的。那時你在我的眼光中該是多麼地可愛，多麼地可敬，我簡直把你當做了上帝一樣看待。那時，我老實地告訴你，我真有點在楊坤秀面前驕傲呢；這是因為我有了你……是的，你那時不是一個模範的有作為的青年嗎？後來，費你的神，把我送進了學校，我的一顆心該是多麼感激你呵！那時，我在人們面前雖然不高興談戀愛的事情，但是我的一顆心已經是屬於你的了。」

沉吟了一會，曼英又繼續說道：

「那時，我們該多麼地興奮，該多麼地懷著熱烈的希望，遇秋，你還記得嗎？我聽了你幾次的演說，你演說得是那麼地熱烈，那麼地有生氣，真令我一方面感覺得你就是我的希望，你就是我的光明，一方面又感覺得我們的勝利快要到來了，我們的前途光明得如中天的太陽一樣……後來，我雖然漸漸失望，漸漸覺得黑暗的魔力快要把我壓倒了，但是，遇秋，我還是照常地信任你，我還是熱烈地愛你，一點兒也沒有變……後來，在南征的路上，我一路上總是想著你，一方面希望你不要改變初衷，一方面又恐怕你不謹慎，要被他們殺害……唉，那時我該是多麼記唸著你呵！……」

柳遇秋低著頭，一聲也不響，靜聽著曼英的說話，但是，也許他不在聽著她的說話，而在思想著別的事情。曼英逼近地望了他一會，又開始說道：

「後來，我們終於失敗了……我對於一切都失望……懷疑起來我們的方法……我慢慢地，慢慢地造成了我自己的哲學，那就是與其改造這世界，不如破毀這世界，與其振興這人類，不如消滅這人類……這樣比較痛快些，我想。不過，遇秋，你要知道，我雖然對於革命失望，但是我並沒有投降呵！我並沒有變節呵！我還是依舊地反抗著，一直到我的最後的一刻……我可以吃苦，我可以被汙辱，但是投降我是絕對做不到的！……不錯，我現在是做著這種事情，在你的眼光中，是很不好的事情……我是太墮落了……這都由你想去。但是，我是不是太墮落了呢？遇秋，我恐怕太墮落了不是我，而是你呵！我不過是賣著自己的身體，而你，你居然把自己的靈魂賣了！……遇秋，我無論如何都沒有想到！……」

柳遇秋依舊著一聲不響，好像曼英的話不足以刺激他也似的。

七

「但是，遇秋，事情並不是一做錯了就不可以挽回的……將你的官辭去罷！將你賣去的靈魂再贖回來罷！你為什麼一定要作賤自己的靈魂呢？……遇秋，你願意聽我的話嗎？我們討飯也可以，作強盜也可以，什麼都可以，什麼我都可以和著你一道兒做去，你知道嗎？但是，我們絕不可投降，絕不可在我們的敵人面前示弱！……如果你答應我的話，那我們還可以恢復過去的關係……我也不再做這種事了……我們再想一想別的什麼方法……遇秋，你願意嗎？呵？看著過去的我們的愛情份上，你就答應我了罷！」

但是柳遇秋依舊不做聲。曼英將他的手放開了，不再繼續說將下去，靜等著他的回答。房間中的空氣頓時肅靜起來。過了十幾分鐘的光景，柳遇秋慢慢地將頭抬起來，很平靜地開始說道：

「曼英，我以為你的為人處世太拘板了。在現在的時代，我告訴你，不得不放聰明些。你就是為革命而死了，又有誰個來褒獎你？你就是把靈魂賣了，照你所說，又有誰個來指責你？而且，這賣靈魂的話我根本就反對。什麼叫做賣靈魂呢？一個人放聰明一點，不願意做傻瓜，這就是賣靈魂嗎？曼英，我勸你把這種觀念打破罷，何苦要發這些痴呢？此一時也，彼一時也，我們得快活時且快活，還問它什麼靈魂不靈魂，革命不革命幹嘛呢？……」

他停住了。曼英將兩眼逼射著他，帶著一種又鄙夷又憤怒的神情，然而她並沒有預備反駁柳遇秋的話。停了一會，柳遇秋又開始說道：

「你剛才說，恢復我們從前的關係……我是極願意的。你現在住在什麼地方？我在法租界租的有房子，你可以就搬進去住。從今後我勸你拋去一切的思想，平平安安地和我過著日子。你看好不好？」

曼英沒有回答他。慢慢地低下頭來。房間中又寂靜下來了。忽然，出乎柳遇秋的意料之外，曼英立起身來，大大地狂笑起來。狂笑了一陣之後，她臉向著柳遇秋說道：

「你自己把靈魂賣掉了還不夠，還要來賣我的嗎？不，柳先生，你是想錯了！王曼英的身體可以賣，你看，她今天就預備賣給你，但是她的靈魂呵，柳先生，永遠是為人家所買不去的！算了罷，我們不必再談這些事情了。讓我們還是來談一談怎樣地玩耍罷……」

七

「柳先生，不，柳老爺，」曼英故意地淫笑起來，兩手摸著自己的胸部，向柳遇秋說道，「你看我這兩個奶頭大不大，圓緊不圓緊？請你摸摸看好不好？你已經很久沒有摸它們了，可不是嗎？」

「曼英，你在發瘋，還是？」柳遇秋帶著一點氣忿的口氣說。

「我也沒有發瘋，我也沒有發痴，這是我們賣身體的義務呵。真的，你要不要摸一摸，我的親愛的柳老爺？我們就上床睡覺好嗎？」

曼英說著說著，便將旗袍脫下，露出一件玫瑰色的緊身小短褲來。電光映射到那緊身的小短褲上，再反射到曼英的面孔，顯得那面孔是異常地美麗，嬌豔得真如一朵巧笑著的芙蓉一般。雖然柳遇秋被曼英所說的一些話所苦惱了，但是他的苦惱此時卻為著他的色慾所壓抑住了，於是他便將曼英擁抱起來……雖然在床上曼英故意地說了些侮弄的、嘲笑的話，然而那都不要緊，要緊的是這柔膩的雙乳，紅嫩的口唇，輕軟的腰肢……

第二天早晨起來，曼英向柳遇秋索過夜費，這弄得柳遇秋進退兩難；他真地現在是曼英的客人嗎？給她好，還是不給她好呢？……但是曼英緊逼著他說道：

「柳老爺，你到底打算給我多少錢呢？我知道你們喜歡白相的人，多給一點是不在乎的。請你趕快拿給我罷，我要回去呢……」

柳遇秋嘆了一口氣，糊裡糊塗地從口袋中掏出幾張鈔票來，用著很驚顫的手遞給曼英，而曼英卻很坦然地從他的手中將鈔票接過來。她又仰著狂笑起來了。如撕字紙一般地她將鈔票撕碎了。接著她便將撕碎了的鈔票紙用腳狠狠地踐踏起來。

「這是賣靈魂混來的錢，」她自對自地說道，「我不要，別要汙辱了我，讓鬼把這些錢拿去罷！……哈哈哈！……」

柳遇秋還未來得及明白是什麼一回事的時候，曼英已迅速地走出房門去了。

曼英幾幾乎笑了一路。黃包車伕拖著她跑，不時很驚詫地回頭望她：他或者疑惑曼英發了瘋，或者疑惑曼英中了魔，不然的話，她為什麼要這樣笑個不住呢？……

剛進入亭子間的門，小阿蓮便迎著說道：

「昨晚李先生來了呢。你老怪他不來，等到他來了，你又不在家。他等了你很久，你知道不知道？」

七

「呵，他昨晚來了嗎？」曼英又是驚喜，又是失望地問道：

「他曾說了什麼話嗎？他說了他什麼時候再來嗎？」

「他教我認了幾個字。後來他寫了一張字條留給你，你看，那書桌上不是嗎？」

曼英連忙將字條拿到手裡，讀道：

曼英我因為被派到別的地方去了，所以很久沒來看你。但是我的一顆心實在是很惦記著呢！今晚來看你，不幸你又不在家。我忙的很，什麼時候來看你，我不能說定。不過，曼英，我是不會將你忘記的。我信任你，永遠地信任你。我對你的心如我對革命的心一樣，一點兒也沒有改變……

尚志留字

曼英反覆地將李尚志的信讀了幾遍。不知為什麼她的一顆心劇烈地跳動起來。她完全將柳遇秋忘卻了，口中只是喃喃地唸著：「我對你的心如我對革命的心一樣，一點兒也沒有改變……」

八

光陰如箭也似地飛著。

一天過去了，又是一天……

一天過去了，又是一天……

而李尚志總不見來！他把曼英忘記了嗎？但是他留給曼英的信上說，他是永遠不會將曼英忘記的；他對於曼英的心如對於革命的心一樣，一點兒也沒有變……曼英也似乎是如此地相信著他。但是經過了這麼許多時候，為什麼他老不來看一看曼英呢？

曼英近來於夜晚間很少有出門的時候了。她生怕李尚志於她不在家的時候來了，所以她時時地警戒著自己，別要失去與李尚志見面的機會。她近來的一顆心，老是懸在李尚志的身上，似乎非要見著他不可。她為什麼要這樣呢？她所需要於李尚志的是

八

些什麼？曼英現在已經是走著別一條路了，如果李尚志知道了，也許他將要罵這一條路為不通，為死路；也許他也和著小阿蓮一樣地想法，曼英成為最下賤的人了……曼英和李尚志還有什麼共同點呢？就是在愛情上說，李尚志本來是為曼英所不愛的人呵，現在她還惦念著他幹什麼呢？

但是，自從與柳遇秋會了面之後，曼英便覺得李尚志的身上，有一種什麼力量，在隱隱地吸引著她，似乎她有所需要於李尚志，又似乎如果離開李尚志，如果李尚志把她丟棄了，那她便不能生活下去也似的。她覺得她和柳遇秋一點兒共同點都沒有了，但是和李尚志……她覺得還有點什麼將她和李尚志連結著……

曼英天天盼望李尚志來，而李尚志總不見來，這真真有點苦惱著她了。有時她輕輕地向阿蓮問道：

「你以為李先生今天會不會來呢？」

阿蓮的回答有時使她失望，當她聽見那小口不在意地說道：

「我不知道。」

阿蓮的回答有時又使她希望，當她聽見那小口很確信地說道：

「李先生今天也許會來呢。他這樣久都沒來了。姐姐，他真是一個好人呢！我很喜歡他。……」

但是，李尚志總沒有見來。這是因為什麼呢？曼英想起來了，他是在幹著危險的工作，說不定已經被捉去了……也許因為勞苦過度，他得了病了……一想到此地，曼英一方面為李尚志擔心，一方面又不知為什麼隱隱地生了抱愧的感覺：李尚志已經被捉住了，或者勞苦得病了，而她是這般地閒著無事、快活……於是她接著便覺得自己是太對不起李尚志了。

最後，有一天，午後，她在寧波會館前面的原處徘徊著，希望李尚志經過此地，她終於能夠碰著他……但是出乎曼英的意料之外，她所碰見的不是李尚志，而是詩人周詩逸，那說是她的情人又不是她的情人，說是她的客人又不是她的客人，說是她的奴隸又不是她的奴隸的周詩逸。曼英已經很久沒有見到周詩逸了。這時的周詩逸頭上戴著一頂花邊緣的藍色呢帽，身上穿著一套黃紫色的西裝；那胸前的斜口袋中插著一條如彩花一樣的小帕，那香氣直透入曼英的鼻孔裡。他碰見了曼英，他的眼睛幾乎

八

喜歡得合攏起來了。他是很思念著曼英的呵！曼英在他的眼中是一個很有詩意的女子！……

「啊啊，我的恨世女郎！上帝保佑，我今天總算碰見了你！我該好久都沒有見著你了！你現在有空嗎？」

曼英明白了他的意思。但是曼英現在是在想著李尚志，沒有閒心思再與我們的這位漂亮詩人相周旋了。她搖一搖頭，表示沒有閒空。失望的神情即時將詩人的面孔掩蓋住了。

「我今晚上在大東酒樓請客，我的朋友，都是一些藝術家，如果你能到場，那可是真為我生色不少了。你今天晚上一定要到場，我請求你！」

周詩逸說著這話時，幾乎要在曼英面前跪下來的樣子。曼英動了好奇的心了：藝術家？倒要看看這一般藝術家是什麼東西……於是曼英答應了周詩逸。

已經是四點多鐘了，而李尚志的影子一點兒也沒有。曼英想道，大概是等不到了，便走到周詩逸所住著的地方——大東旅館裡……

周詩逸見著曼英到了，不禁喜形於色，宛如得著了一件寶物也似的。這時一個人也沒有來，房間內只是曼英和著周詩逸。電燈光亮了。周詩逸把曼英仔細地端詳了一下，很同情地說道：

「許久不見，你消瘦了不少呢。我的恨世女郎，你不應太過於恨世了，須知人生如夢，為歡幾何，古人秉燭夜遊，良有以也……」

曼英坐著不動，只是瞪著兩眼看著他那生活安逸的模樣，一種有閒階級的神情……心中不禁暗自將周詩逸和李尚志比較一下：這兩者之間該有多麼大的差別！雖然李尚志的服飾是那麼地不雅觀，但是他的精神該要比這個所謂詩人的崇高得多少倍！世界上沒有了周詩逸，那將要有什麼損失呢？一點兒損失都不會有。但是世界上如果沒有了李尚志，那將要有什麼損失呢？那就是損失了一個忠實的為人類解放而奮鬥的戰士！周詩逸不過是一個很漂亮的，中看不中吃的寄生蟲而已。

客人們漸漸地來齊了。無論誰個走進房間來，曼英都坐著不動，裝著沒看見也似的。周詩逸一一地為她介紹了：這是音樂家張先生，這是詩人曹先生，這是小說家李先生，這是畫家葉先生，這是批評家程先生，這是……這是……最後曼英不去聽他的

八

介紹了，讓鬼把這些什麼詩人，什麼藝術家拿去！她的一顆心被李尚志所占據住了，而這些什麼詩人，音樂家……在她的眼中，都不過是一些有閒階級的、生活安逸的、胡塗的寄生蟲而已。是的，讓鬼把他們拿去！……

「諸位，」曼英聽著周詩逸的歡欣的，甜密的，又略帶著一點矜持的聲音了。「我很慎重地向你們介紹，這是我的女友黃女士，她的別名叫做恨世女郎，你們只要一聽見這恨世女郎幾個字，便知道她是一個很風雅、很有心胸的女子了。……」

「敬佩之至！」

「不勝敬佩之至！」

「密斯特周有這麼樣的一個女友，真是三生有幸了！」

「……」

曼英聽見了一片敬佩之聲……她不但不感覺著愉快，而且感覺著這一般人鄙俗得不堪，幾乎要為之嘔吐起來。但是周詩逸見著大家連聲稱讚他的女友，不禁歡欣無似，更向曼英表示著殷勤。他不時走至曼英面前，問她要不要這，要不要那……曼英真為他所苦惱住了！唉，讓鬼把他和這一些藝術家拿去！酒菜端上來了。大家就了坐。曼英左手邊坐著周詩逸，右手邊坐著一位所謂批評家的程先生。這位程先生已經有了鬍鬚，大約是快四十歲的人了。從他的那副黑架子的眼鏡裡，露出一隻大的和一隻似乎已經瞎了的眼睛來。他的話音是異常地低小、平靜，未開口而即笑，這表明他是一個很知禮貌的紳士。

「密斯黃真是女界中的傑出者，吾輩中的風雅人物。密斯特周屢屢為我述及，實令我仰慕之至！……」

還未來得及向批評家說話的時候，對面的年輕的詩人便向曼英斟起酒來，笑著說道：

「我們應當先敬我們的女王一杯，才是道理！」

「對，對，對！……」

大家一致表示贊成。周詩逸很得意地向大家宣言道：

「我們的女王是很會唱歌的，我想她一定願意為諸君唱一曲清歌，借助酒興

八

的。」

「我們先飲了些酒之後，再請我們的女王唱罷。」在斜對面坐著的一位近視眼的畫家說，他拿起酒杯來，大有不能再等的樣子。

於是大家開始飲起酒來……

曼英的酒杯沒有動。

「難道密斯黃不飲酒嗎？」批評家很恭敬地問。

「不行，不行，我們的女王一定是要飲幾杯的！」大家接著說。

「請你們原諒，我是不方便飲酒的，飲了酒便會發酒瘋，那是很……」

「飲飲飲，不要緊！反正大家都不是外人……」

「如此，那我便要放肆了。」

曼英說著，便飲乾了一杯。接著便痛飲起來。

「現在請我們的女王唱歌罷。」詩人首先提議。

「是，我們且聽密斯黃的一曲清歌，消魂真個……」

「那你就唱罷。」周詩逸對著曼英說。他已經有點酒意了，微瞇著眼睛。

曼英不再推辭，便立起身來了。

「如果有什麼聽得不入耳之處，還要請大家原諒。」

「不必客氣。」

「那個自然……」

曼英一手扶著桌子，開始唱道：

我本是名門的女兒，

生性兒卻有點古怪，

有福兒不享也不愛，

偏偏跑上革命的浪頭來。

「你看，我們的女王原來是一個革命家呢。」

八

「不要多說話，聽她唱。」

跑上革命的浪頭來，
到今日不幸失敗了歸來；
我不投降我也不悲哀，
我只想變一個巨彈兒將人類炸壞。

「這未免太激烈了。」周詩逸很高興地插著說。曼英不理他，仍繼續唱道：

我只想變一個巨彈兒將人類炸壞，
那時將沒有什麼貧富的分開，
那時才見得真正的痛快，
我告訴你們這一般酒囊飯袋。

「這將我們未免罵得太厲害了。」詩人說。

「有什麼厲害？你不是酒囊飯袋嗎？」畫家很不在意地笑著說。

我告訴你們這一般酒囊飯袋，
你們全不知道天有多高地有多矮；
你們談什麼風月，說什麼天才，
其實你們俗惡得令人難耐。
大家聽曼英唱至此地，不禁相互地你望望我，我望望你，十分地驚異而不安起來。
「我的恨世女郎！你罵得我們太難堪了，請你不必再唱將下去了……」周詩逸說。
但是曼英不理他，依舊往下唱道：
其實你們俗惡得令人難耐，
你們不過是腐臭的軀殼兒存在；
我斟一杯酒灑下塵埃，灑下塵埃，
為你們唱一曲追悼的歌兒。

八

曼英唱至此地，忽然大聲地狂笑起來了。這弄得在座的藝術家們面面相覷，莫知所以。當他們還未來得及意識到是什麼一回事的時候，曼英已經狂笑著跑出門外去了。

啊，當曼英唱完了歌的時候，她覺得她該是多麼地愉快，多麼地得意！她將這些酒囊飯袋當面痛罵了一頓，這是使她多麼得意的事呵！但是，當她想起李尚志來，她以覺得這些人們是多麼地渺小，多麼地俗惡，同時又是多麼地無知得可憐！……

曼英等不及電梯，便匆忙地沿著水門汀所砌成的梯子跑將下來了。在梯上她衝撞了許多人，然而她因為急於要離開為她所憎恨的這座房屋，便連一句告罪的話都不說。她跑著，笑著，不知者或以為她得了什麼神經病。

「你！」

忽然有一隻手將她的袖口抓住了。曼英不禁驚怔了一下，不知遇著了什麼事。她即時扭頭一看，見著了一個神情很興奮的面孔，這不是別人，這是曼英所說的將自己的靈魂賣掉了的那人……

曼英在驚怔之餘，向著柳遇秋瞪著眼睛，一時地說不出話來。

「我找了你這許多時候，可是總找不到你的一點影兒……」曼英聽見柳遇秋的顫動的話音了。在他的神情興奮的面孔上，曼英斷定不出他見著了自己，到底是懷著怎樣的心情：是忿怒還是歡欣，是得意還是失望……曼英放著很鎮靜的，冷淡的態度，輕聲問道：

「你找我幹什麼呢？有什麼事情嗎？」

柳遇秋將頭低下了，很悲哀地說道：

「曼英，我料不到你現在變成了這樣……」

「不是我變了，」曼英冷笑了一下，說道，「而是你變了。遇秋，你自己變了。你變得太厲害了，你自己知道嗎？」

「我們上樓去談一談好不好？」柳遇秋抬起頭來向她這樣問著說。他的眼睛已經沒有了先前的光芒，他的先前的那般煥發的英氣已經完全消失了。他現在雖然穿著一套很漂亮的西裝，雖然他的領帶是那般地鮮豔，然而曼英覺得，立在她的面前的只是

八

一個無靈魂的軀殼而已，而不是她當年所愛過的柳遇秋了。

曼英望著他的領帶，沒有即刻回答柳遇秋，去呢還是不去。

「曼英，我請求你！我們再談一談……」

「談一談未常不可，不過我想，我們現在無論如何是談不明白的。」

「無論如何要談一談！」

柳遇秋將曼英引進去的那個房間，恰好就是周詩逸的房間的隔壁。曼英走進房間，向那靠窗的一張沙發坐下之後，向房間用目環視了一下，見著那靠床的一張桌子上已經放著了許多酒瓶和水果之類，不禁暗自想道：

「難怪他要做官，你看他現在多麼揮霍呵，多麼有錢啊……」

從隔壁的房間內不大清楚地傳來了嬉笑，鼓掌，哄鬧的聲音。曼英尖著耳朵一聽，聽見幾句破碎不全的話語：「天才……詩人……近代的女子……印象派的畫……月宮跳舞場……」眼見得這一般藝術家的興致，還未被曼英嘲罵下去，仍是在熱烈地奔放著。這使著曼英覺得自己有點羞辱起來：怎麼！他們還是這樣地快活嗎？他們竟不把她的嘲罵當做一回事嗎？唉，這一般豬玀，不知死活的豬玀！……

柳遇秋忙著整理房間的秩序。曼英向他的背影望著，心中暗自想道：「你和他們是一類的人呵，你為什麼不去和他們開心，而要和我糾纏呢？……」

「你要吃桔子嗎？」柳遇秋轉過臉來，手中拿著一個金黃的桔子，向曼英殷勤地說道：「這是美國貨，這是花旗桔子。」

曼英不注意他所說的話。放著很嚴重的聲音，向柳遇秋問道：

「你要和我談些什麼呢？你說呀！」曼英這時忽然起了一種思想：「李尚志莫不要在我的家裡等我呢……我應當趕快回去才是！……」

「我還有事情，坐不久，就要去的……你說呀！」

柳遇秋的面容一瞬間又沉鬱下來了。他低著頭，走至曼英的旁邊坐下，手動了一動，似乎要拿曼英的手，或者要擁抱她……但他終沒有勇氣這樣做。沉默了一會，他放著很可憐的聲音說道：

「曼英，我們就此完了嗎？」

八

「完了，永遠地完了。」曼英冷冷地回答他。

「你完全不念一念我們過去的情分嗎？」

「遇秋，別要提起我們的過去罷，那是久已沒有了的事情。現在我們既然是兩樣人了，何必再提起那過去的事情？過去的永遠是過去了……」

「不，那還是可以挽回的。」

「你說挽回嗎？」曼英笑起來了。「那你就未免太發痴了。」

李尚志的面孔又在曼英的腦海中湧現出來。她覺得李尚志現在一定在她的家裡等候她，她一定要回去……她看一看手錶，已是八點鐘了。她有點慌忙起來，忽然立起身來預備就走出房門去。柳遇秋一把把她拉住，向她跪下來哀求著說道：

「曼英，你答應我罷，你為什麼要這樣鄙棄我呢？……我並不是一個很壞很壞的人呵，曼英！……」

「是的，你不是一個很壞很壞的人，有的人比你更壞，但是這對於我又有什麼關係呢？放開我罷，我還有事情……」

柳遇秋死拉著她不放，開始哭起來了。他苦苦地哀求她……他說，如果她答應他，那他便什麼事都可以做，就是不做官也可以……但是他的哭求，不但沒有打動曼英的心，而且增加了曼英對於他的鄙棄。曼英最後向他冷冷地說道：

「遇秋，已經遲了！遲了！請你放開我罷，別要耽誤我的事情！」

李尚志的面孔更加在曼英的腦海中湧現著了。柳遇秋仍拉著她的手不放。曼英，忽然，也不知從什麼地方來了這麼許多力量，將自己的手掙脫開了，將柳遇秋推倒在地板上，很迅速地跑出房門，不料就在這個當兒，周詩逸也走出房間來，恰好與曼英撞個滿懷。曼英抬頭一看，見是周詩逸立在她的面前，便不等到周詩逸來得及驚詫的時候，給了他一個耳光，拚命地順著樓梯跑下來了。

坐上了黃包車……喘著氣……一切什麼對於她都不存在了，她只希望很快地回到家裡。她疑惑她自己是在演電影，不然的話，今天的事情為什麼是這般地湊巧，為什麼是這般地奇異！……

她剛一走進自己的亭子間裡，阿蓮迎將上來，便突兀地說道：

八

「你真是！你到什麼地方去了？天天老說李先生不來不來，今晚他來了，你又不在家裡！」

聽了阿蓮的話，曼英如受了死刑的判決一般，睜著兩隻眼睛，呆呆地立著不動。經過了兩三分鐘的光景，她如夢醒了也似的，把阿蓮的手拉住問道：

「他說了些什麼話嗎？」

「他問我你每天晚上到什麼地方去……」

「你怎樣回答他呢？」曼英匆促地問阿蓮，生怕她說出一些別的話。

「我說，你每晚到夜學校裡去教書。」

曼英放下心了。

「他還說了些什麼話嗎？」

「他又問起我的爸爸和媽媽的事情。」

「還有呢？」

「他又留下一張字條，」阿蓮指著書桌子說道：「你看，那上邊放著的不是嗎？」

曼英連忙放開阿蓮的手，走至書桌子跟前，將那字條拿到手裡一看，原來那上邊並沒有寫著別的，只是一個簡單的地址而已。曼英的一顆心歡欣得顫動起來，正待要問阿蓮的話的當兒，忽聽見阿蓮說道：

「李先生告訴我，他說，請你將這紙條看後就撕去……他還說，後天上午他有空，如果你願意去看他，你可以在那個時候去……」

「呵呵……」

曼英聽見阿蓮的這話，更加歡欣起來了。她想著，李尚志還信任她，告訴了她自己的地址……她後天就可以見著他，就可以和他談話……但是她為什麼一定要見著李尚志呢？為什麼她要和他談話呢？她將和他談些什麼呢？……關於這一層，曼英並沒有想到。她只感覺著那見面，那談話，不是和柳遇秋，不是和錢培生，不是和周詩選的談話，而是和李尚志的談話，是使她很歡欣的事。

「阿蓮，李先生還穿著先前的衣服嗎？」

「不是，他今天穿著的是一件黑布長衫，很不好看。」

八

「阿蓮，他的面容還像先前一樣嗎？沒有瘦嗎？」

「似乎瘦了一些。」

「他還是很有精神的樣子嗎？」

「是的，他還是象先前一樣地有精神。姐姐，你是不是……很，很喜歡李先生？……」

「嚇，小姑娘家別要胡說！」

阿蓮的兩個圓圓的小笑窩，又在曼英的眼前顯露出來了。她拉住曼英的手，有點忸怩的神氣，向曼英笑著說道：

「姐姐，我明白……李先生真是一個好人呵！他今天又教我寫了許多字……」

阿蓮的天真的，毫無私意的話語，很深刻地印在曼英的心裡。「李先生真是一個好人呵！……」阿蓮已經給了李尚志一個判決了。李尚志在阿蓮的面前，也將不會有什麼羞愧的感覺，因為他的確是可以領受阿蓮的這個判決的。他是在為著無數無數的阿蓮做事情，與其說他為阿蓮復仇，不如說他為阿蓮開闢著新生活的路……但是，她，曼英，為阿蓮到底做著什麼事情呢？她時常問著阿蓮的兩個圓圓的小笑窩出神，但是這並不能證明她是在為著阿蓮做事情……如果李尚志是一個真正的好人，如阿蓮所想的一樣，那麼她，曼英，到底是一個什麼人呢？……

曼英覺得自己是漸漸地渺小了。……如果她適才罵了周詩逸，罵了柳遇秋，那她現在便要受著李尚志的罵。「呵，如果李尚志知道我現在做著什麼事情！……」曼英想到此地，一顆心不禁驚顫起來了。

八

九

曼英走進一條陰寂的、陳舊的弄堂裡。她按著門牌的號數尋找，最後她尋找到為她所需要的號數了。油漆褪落了的門扉上，貼著一張灰白的紙條，上面寫著「請走後門」四個字。曼英逆轉到後門去。有一個四十幾歲的，頭髮蓬鬆著的婦人，正在彎著腰哐啷哐啷地洗刷馬桶。曼英不知道她是房東太太抑是房東的女僕，所以不好稱呼她。

「請問你一聲，」曼英立在那婦人的側面，微笑著，很客氣地向她問道，「你們家裡的前樓上，是不是住著一位李先生？」

那洗刷馬桶的婦人始而懶洋洋地抬起頭來，等到她看見了曼英的模樣，好像有點驚異起來。她的神情似乎在說著，這樣漂亮的小姐怎麼會於大清早起就來找李先生

九

呢?這是李先生的什麼人呢?難道說衣服整腳的李先生會有這樣高貴的女朋友嗎?

她只將兩個尚未洗過的睡眼向曼英瞪著,不即時回答曼英的問題。後來她用洗刷馬桶的那隻手揉一揉眼睛,半晌方才說道:

「李先生?你問的是哪個李先生?是李……」

那婦人生怕曼英尋錯了號數。她以為這位小姐所要找著的李先生,大概是別一個人,而不會是住在她家裡的前樓上的李先生……曼英不等她說下去,即刻很確定地說道:

「我問的就是你們前樓上住著的李先生,他在家裡嗎?」

「呵呵,在家裡,在家裡,」那婦人連忙點頭說道,「請你自己上樓去看看罷,也許還沒有起來。」

曼英走上樓梯了。到了李尚志房間的門口。忽然一種思想飛到她的腦海裡來,使她停住了腳步,不即刻就動手敲李尚志的房門。「他是一個人住著,還是兩個人住著呢?也許……」於是那個女學生,為她在寧波會館前面所看見的那個與李尚志並排行走著的女學生，在她的眼簾前顯現出來了。一種妒意從她的內心裡一個什麼角落裡湧激出來，一至於湧激得她感到一種最難堪的失望。她想道，也許他倆正在並著頭睡著，也許他們倆正在並做著一種什麼甜蜜的夢……而他，曼英，孤零零地在他們的房門外站著，如被風雨所摧殘過的一根木樁一樣，誰個也不需要，誰個也不會給她以安慰和甜蜜……

她又想道，為什麼她要來看李尚志呢？她所需要於李尚志的到底是些什麼呢？她和李尚志已經走著兩條路了，現在她和李尚志已經沒有了什麼共同點，為什麼李尚志老是吸引著她呢？今天她是為愛李尚志而來的嗎？但是李尚志原是她從前所不愛的人啊……如果說她不愛他，那她現在又為什麼對於那個為她所見過的女學生，也許就是現在和李尚志並頭睡著的女子，起了一種妒意呢？……曼英想來想去，終不能得到一個自解。忽然，出乎曼英的意料之外，那房門不用敲叩而自開了。在她面前立著的不是別人，正是她今天所要來看見的李尚志。李尚志的歡欣的表情，即刻將曼英的思想驅逐掉了。曼英覺著那表情除開同志的關係外，似乎還寒著一種別的，為曼英所需要的……她也就因之歡欣起來了。

九

她很迅速地將李尚志的房間用眼巡視了一下，只看見一張木架子床，一張長方形的桌子，那上面又擺著一堆書籍，又放著茶壺和臉盆……她所擬想著的那個女學生，一點兒影子也沒有。「他還是一個人住著呵！……」她不禁很歡欣地這樣想著，一種失望的心情完全離她而消逝了。

曼英向李尚志的床上坐下了。房間中連一張椅子都沒有。李尚志笑吟吟地立著，似乎不知道向曼英說什麼話為好。那種表情為曼英所從沒看見過。她想叫他坐下，然而沒有別的椅子。如果他要坐下，那他便不得不和曼英並排地坐下了。曼英有點不好意思，然而她終於說道：

「請你也坐下罷，那站著是怪不方便的。」

「不要緊，我是站慣了的。」李尚志也有點難為情的樣子，將手擺著說道，「請你不要客氣，你吃過早飯了嗎？我去買幾根油條來好不好？」

「不，我已經吃過早飯了。請你也坐下罷，我們又不是生人……」

李尚志勉強地坐下了。將眼向著窗外望著，微笑著老不說話。曼英想說話，她原有很多的話要說呵，但是也不知道從何說起。忽然她看見了那張書桌子上面擺著一個小小的相片架，坐在床上，她看不清楚那相片是什麼人的，於是她便立起身來，走向書桌子，伸手將那張相片拿到手裡看一看到底是誰。她即刻驚異起來了：那相片雖然已經有了一點模糊，然而她還認得清楚，這不是別人，卻正是她自己！她覺得這是很奇怪的事情了。她從來沒有贈過相片與任何人，更沒贈與過李尚志，這張相片到底是從哪裡來的呢？而且，她又想道，李尚志將她的相片這樣寶貴著幹什麼呢？政局是劇烈地變了，人事已與從前大不相同了，而李尚志卻還將曼英的相片擺在自己的書桌上……

「曼英，你很奇怪罷，是不是？」李尚志笑著問，他的臉有點泛起紅來了。

曼英回過臉來向李尚志望著，靜等著他繼續說將下去。

「你還記得我們在留園踏青的事嗎？」李尚志繼續紅著臉說道，「那時我們不是在一塊兒攝過影嗎？那一張合照是很大的，我將你的相片從那上面剪將下來，至今還留著，這就是……」

九

「真的嗎？」曼英很驚喜地問道，「你真這樣地將我記在心裡嗎？呵，尚志，我是多麼地感激你呵！」

曼英說著說著，幾乎流出感激的淚來。她將坐在床上的李尚志的手握起來了。兩眼射著深沉的感激的光芒，她繼續說道：

「尚志，我是多麼地感激你呵！尤其是在現在，尤其是在現在……」

曼英放開李尚志的手，向床上坐下，簌簌地流起淚來了。

「曼英，你為什麼傷起心來了呢？」李尚志輕輕地問她。

「不，尚志，我現在並不傷心，我現在是在快樂呵！……」

說著說著，她的淚更加流得湧激了。李尚志很同情地望著她，然而他找不出安慰她的話來。後來，經過了五六分鐘的沉默，李尚志開口說道：

「曼英，我老沒有機會問你，你近來在上海到底做著什麼事情呢？阿蓮對我說，你在一個什麼夜學校裡教書，真的嗎？」

曼英驚怔了一下。這問題即刻將她推到困難的深淵裡去了。她近來在上海到底做著什麼事情呢？……據她自己想，她是在利用著自己的肉體向敵人報復，是走向將全人類破滅的路……她依舊是向黑暗反抗，然而不相信先前的方法了……她變成一個激烈的虛無主義者了。但是現在如果曼英直爽地將自己的行為告訴了李尚志，那李尚志對於她的判斷，是不是如她的所想呢？那李尚志是不是即刻就要將她這樣墮落的女子驅逐出房門去？那李尚志是不是即刻要將那張保存到現在的曼英的相片撕得粉碎？……曼英想到此地，不禁大大地顫慄了一下。不，她不能告訴他關於自己的真相，自己的思想！一切什麼都可以，只要李尚志不將她驅逐出房門去！只要他不將她的相片段得粉碎！

「是的。不過我近來的思想……」她本不願意提到思想的問題上去，但是她卻不由自主地說出來思想兩個字。

「你近來的思想到底怎樣？」李尚志逼視著曼英，這樣急促地問。

話頭已經提起來了，便很難重新收回去。曼英只得照實地說了。

「我的思想已經和先前不同了。尚志，你聽見這話，或者要罵我，指責我，但是

九

這是事實，又有什麼方法想呢？」

李尚志睜著兩隻眼睛，靜等著曼英說將下去。曼英將頭低下來了。停了一會，她又輕輕地開始說道：

「尚志，你是知道我的性格的。我說我的思想已經和先前的不同了，這並不是說我向敵人投了降，或是什麼……對於革命的背叛。不，這一點都不是的。我是不會投降的！不過自從……失敗之後……我對於我們的事業懷疑起來了：照這樣幹將下去，是不是可以達到目的呢？是不是徒然地空勞呢？……我想來想去，下了一個決定：與其改造這世界，不如破毀這世界，與其振興這人類，不如消滅這人類。尚志，你明白這種思想嗎？……現在我什麼希望都沒有了。如果說我還有什麼希望的話，那只是我希望著能夠多向幾個敵人報復一下。我不能將他們推翻，然而我卻能零碎地向他們中間的分子報復……這就是我所能做得到的事情。尚志，這一種思想也許是不對的，但是我現在卻不得不懷著這種思想……」

曼英停住了。靜等著李尚志的裁判。李尚志依舊逼視著她，一點兒也不聲響。過了一會，他忽然握起曼英的手來，很興奮地說道：

「曼英，曼英！你現在，你現在為什麼有了這種思想呢？這是不對的，這是不對的呵！」

「但是你的也未必就是對的呵。」曼英插著說。

「不，我的思想當然是對的。除開繼續走著奮鬥的路，還有什麼出路呢？你所說的話我簡直有許多不明白！你說什麼破毀世界，消滅人類，我看你怎樣去破毀，去消滅……這簡直是一點兒根據都沒有的空想！曼英，你知道這是沒有根據的空想嗎？」

曼英有點驚異起來：李尚志先前原是不會說話的，現在卻這樣地口如懸河了。她又聽著李尚志繼續說道：

「不錯，自從……失敗之後，一般意志薄弱一點的，都灰了心，失望……就我所知道的也有很多。但是曼英你，你是不應當失望的呵！我知道你是一個很熱烈的理想主義者，恨不得即刻將舊世界都推翻……失敗了，你的精神當然要受著很大的打擊，你的心靈當然是很痛苦的，我又何嘗不是呢？不過，我們絕不能因暫時的失敗就失望……」

九

「你以為還有希望嗎?」曼英問。

「為什麼沒有希望呢?歷史命定我們是有希望的。我們雖然受了暫時的挫折,但是最後的勝利終歸是我們的。只有搖盪不定的階級才會失望,才會悲觀,但是我們……肩著歷史的使命,是不會失望,不會悲觀的。我們之中的零個分子可以死亡,但是我們的偉大的集體是不會死亡的,它一定會強固地生存著……曼英,你明白嗎?曼英,你現在脫離群眾了……你成了孤零零的一個人,你失去了集體的生活,所以你會失望起來……如果你能時常和群眾接近,以他們的生活為生活,那我包管你的感覺又是別一樣了。曼英,他們並沒有失望阿!他們希望著生活,所以還要繼續著奮鬥,一直到最後的勝利……革命的階級,偉大的集體,所走著的路是生路,而不是死路……」

李尚志沉吟了一回,又繼續說道:

「曼英,你的思想一點兒根據都沒有,這不過表明你,一個浪漫的知識階級者的幻滅……不錯,我知道你的這種幻滅的哲學,比一般落了伍的革命黨人要深得多,但是這依舊是幻滅。你在戰場上失敗了歸來,走至南京路上,看見那些大腹賈,荷花公子，豔裝冶服的少奶奶……他們的臉上好像充滿著得意的勝利的微笑，好像故意地在你的面前示威，你當然會要起一種思想，頂好有一個炸彈將這個世界炸破，橫豎大家都不能快活……可不是嗎？但是在別一方面，曼英，你要知道，群眾的革命的浪潮還是在奔流著，不是今天，就是明天，遲早總會在這些寄生蟲的面前高歌著勝利的！」

「尚志，」曼英抬起頭來，向李尚志說道，「也許是如你所說的這樣，但是我……總覺得這是一種幻想罷了。」

「不，這並不是幻想，這是一種事實。曼英，你是離開群眾太遠了，你感受不到他們的生活，他們的情緒。他們只要求著生活，只有堅決的奮鬥才是他們的出路，天天在艱苦、熱烈的奮鬥中，哪裡會有工夫像你這般地空想呢？你的這種哲學是為他們所不能明白的，你知道嗎？我請你好好地想一想！我很希望那過去的充滿著希望的曼英再復生起來……」

「尚志，我感謝你的好意！不過我的心靈受傷得太厲害了，那過去的曼英……尚志！恐怕永遠是不會復生的了！……」

九

曼英說著，帶著一點哭音，眼看那潮溼的眼睛即刻要流出淚來；李尚志見著她這種情形，不禁將頭低下了，深長地嘆了一口氣。

「不，那過去的曼英是一定可以復生的！我不相信……」

李尚志還未將話說完，忽然聽見樓梯冬冬地響了起來，好像有什麼意外的事故也似的……他的面色有點驚慌起來，然而他還依舊把持著鎮靜的態度。接著他便又聽見了敲門的聲音。他立起身來，走至房門背後很平靜地問道：

「誰個？」

「是我！」

李尚志聽出來那是李士毅的聲音。他將房門開開來了。李士毅帶著笑走了進來。曼英見著他的神情還是如先前一樣，——先前他總是無事笑，從沒憂愁過，無論他遇著了怎樣的困苦，可是他的態度總表現著「不在乎」的樣子，一句軟弱的話也不說。曼英想道，現在他大概還是那種樣子……

「啊哈！我看見了誰個喲！原來是我們的女英雄！久違了！」

李士毅說著說著，便走向前來和曼英握手，他的這一種高興的神情即時將曼英的傷感都驅逐掉了。

「你今天上樓時為什麼跑得這樣地響？你不能輕一點嗎？」

李尚志向李士毅這樣責問著說。李士毅轉過臉來向他笑道：

「我因為有一件好消息報告你，所以我歡喜得忘了形……」

「有什麼好的消息？」李尚志問。

「永安紗廠的……又組織起來了……」

李尚志沒有說什麼話，他立著不動，好像想著什麼也似的，李士毅毫不客氣地和曼英並排坐下了，向她伸著頭，笑著說道：

「我們好久不見了。我以為你已經做了太太，嫁了一個什麼委員、資本家，不料今天在這裡又碰到了你。你現在幹些什麼？好嗎？我應當謝謝你，你救濟了我一下，給了五塊錢……你看，這一條黑布褲子就是你的錢買的呵。謝謝你，我的女英雄，我的女……女什麼呢？女恩人……」

九

「你為什麼還是先前那樣地調皮呢？你總是這樣地高興著，你到底高興一些什麼呢？」曼英笑著問。

「你這人真是！不高興，難道哭不成嗎？高興的事情固然要高興，不高興的事情也要高興，這樣才不會吃不下去飯呢。我看見有些人一遇見了一點失敗，便垂頭喪氣，憂悶或失望起來……老實說一句話，我看不起這些先生們！這樣還能幹大玩意兒嗎？」

曼英聽了這話，不禁紅了臉，暗自想道：「他是在當面罵我呢。我是不是這樣的人呢？我該不該受他的罵？……」她想反駁他幾句，然而她找不出話來說。

「我告訴你，」李士毅仍繼續說道，「我們應當硬得如鐵一樣，我們應當高興得如春天的林中的小鳥一樣，不如此，那我們便只有死，什麼事情都幹不了！」

「你現在到底幹著些什麼事情呢？」曼英插著問他。

「最大的頭銜是糞夫總司令，你聞著我的身上臭嗎？」

「什麼叫著糞夫總司令？」曼英笑起來了。「這是誰個任命你的呢？」

「你不明白嗎？我在糞夫工會裡做事情……你別要瞧不起我，我能叫你們小姐們的繡房裡臭得不亦樂乎，馬桶裡的糞會漫到你們的梳妝臺上。哈哈哈！……」

李士毅很得意地笑起來了。李尚志這時靠著窗沿，向外望著，似乎不注意李士毅和曼英的談話。曼英望著他的背影，心中暗自想道：「他們都有偉大的特性：李尚志具著的是偉大的忍耐性，而李士毅具著的是偉大的樂觀性，這就是使他們不失望，不悲觀，一直走向前去的力量。但是我呢？我所具著的是什麼性呢？」曼英想至此地，不禁生了一種鄙棄自己的心了。他覺得她在他們兩人之中立著，是怎樣地渺小而不相稱……

「啾，你的愛人呢？」李士毅笑著問。

「你不要瞎說！」曼英覺得自己的臉紅了。她想著柳遇秋，然而她的眼睛卻射著李尚志。「誰是我的愛人？現在誰個也不愛我，我誰個也不愛。」

李尚志將臉轉過來，瞟了曼英一眼，又重新轉過去了。曼英深深地感受到了他的眼光，他的眼光射到了她的心靈深處，似乎硬要逼著她向自己暗自說道：

九

「你別要扯慌呵！你不是在愛著這個人嗎？這個靠著窗口立著的人嗎？……」

李士毅，討厭的李士毅（這時曼英覺得他是很討厭的，不知趣的人了），又追問了一句：

「柳遇秋呢？」

「什麼柳遇秋不柳遇秋？我們之間一點兒關係都沒有了。從前的事情，那不過是一種錯誤……」

李尚志又回過頭來瞟了曼英一眼。那眼光又好像硬逼著曼英承認著說：

「我從前不接受你的愛，那也是一種錯誤呵！……」

「哈哈！你真是傻瓜！」曼英忽然聽見李士毅笑起來了。他似真似假地這樣說道，「為什麼不去做官太太呢？你們女子頂好去做太太，少奶奶，而革命讓我們來幹……你們是不合適的呵！……曼英，我還是勸你去做官太太，少奶奶，或是資本家的老婆罷！坐汽車，吃大菜……」

曼英不待他將話說完，便帶點憤慨的神氣，嚴肅地說道：

「士毅，你為什麼這樣輕視我們女子呢？老實說，你這種思想還是封建社會的思想，把女子不當人……你說，女子有哪一點不如你們男子呢？你這些話太侮辱我了！」

「我的女英雄，你別要生氣，做一個官太太也不是很壞的事……」

李尚志轉過臉來，向著李士毅說道：

「你別要再瞎說八道罷！你這是什麼思想？一個真正的……絕不會有你這種思想的！？」

曼英聽見李尚志的話，起了無限的感激，想即刻跑到他的面前，將他的頸子抱著，親親地吻他幾吻。她的自尊心因為得著了李尚志的援助，又更加強烈起來了。難道她曼英不是一個有作為的女子嗎？不是一個意志很堅強，思想很徹底的女子嗎？女子是不弱於男子的，無論在哪一方面……

但是，當她一想起「我現在做些什麼事情呢？……」她又有點不自信起來了。她意識到她沒有如李士毅的那種偉大的樂觀性，李尚志的那種偉大的忍耐性。如果沒有

九

這兩種特性，那她是不能和他們倆並立在一起的。「我應當怎樣生活下去呢？我應當怎樣做呢？做些什麼呢？……我應當再好好地想一想！」最後她是這樣地決定了。

李士毅說，他要到冀夫總司令部辦公去，不能久坐了。他告辭走了。房間內仍舊剩下來曼英和李尚志兩個人。

一時的寂靜。

兩人似乎都有許多話要說，尤其是曼英。但是說什麼話好呢？曼英又將眼光轉射到那桌上的一張相片了。在那相片上也不知李尚志傾注了多少深情，看了多少眼睛，也許他親了無數的吻……忽然曼英感受到那深情是多麼地深，那眼睛是多麼地晶明，那吻又是多麼地熱烈。她的一顆心顫動起來了。她覺得她現在正需要著這些……她渴求著李尚志的擁抱，李尚志的嘴唇……這擁抱，這嘴唇，將和柳遇秋的以及其餘的所謂「客人」的都不一樣。

「但是我有資格需要著他的愛情嗎？」曼英忽然很失望地想道，「我的身體已被許多人所汙壞了，我的嘴唇已被許多人所吻臭了……不，我沒有資格再需要他的愛情了。已經遲了，遲了！……」想至此地，她不由自主地又流起淚來。

「曼英，你為什麼又傷起心來了呢？」坐在她的旁邊，沉默著很久的李尚志，又握起她的手來問道，「我覺著你的性情太不像從前了……」

曼英聽了他的話，更加哭得厲害。她完全為失望所包圍住了。她覺得她的生活只是黑暗而已，雖然她看見了李尚志，就彷彿看見了光明一樣，然而對於她，曼英，這光明已經是永遠得不到的了。

曼英覺得李尚志漸漸將她的手握得緊起來。如果她願意，那她即刻便可以接受李尚志的愛，傾伏在李尚志的懷裡……但是曼英覺得自己太不潔了，與其說她不敢，不如說她不願意……

「曼英，你應當……」李尚志沒有說出自己的意思，曼英忽然立起身來，流著淚向李尚志說道：

「尚志，我要走了。讓我回去好好地想一想罷！我覺著我現在的思想和感覺太混亂了，連我自己也說不清楚是怎麼一回事……」

九

十

在先施公司門口下了電車之後，曼英不知再做些什麼：回家去呢，還是……？來往的人們擁擠著，在這種人堆的中間，曼英覺著自己為誰也不需要，只是一個孤零零的，被忘卻的廢人而已。同時在他們的面孔上，曼英覺察出對於自己的譏笑，對於自己的示威，好像她，曼英，在眾人面前，很羞辱地被踐踏著，為任何人所不齒也似的。她憤慨了，想即刻把他們消滅下去，但是在別一方面，她未免又苦痛地失望起來，她意識到她沒有這般的能力……

適才別了李尚志，曼英向他說，她的思想和感覺太混亂了，她應當回家後好好地想一想……可是現在在這先施公司的門口，她的思想和感覺混亂得更甚。她覺著她的腦殼快要爆裂了，她的心快要破碎了，這就是說，她已經到了末日，快要在人海裡消

十

沉下去。她開始羨慕李尚志和李士毅的生活是那樣地充實，他們的的確確是在生活著；而她，曼英，難道說是在生活著嗎？她的內裡不過是一團空虛而已。在未和李尚志談話以前，曼英還感覺著自己始終是一個戰士，但是在和李尚志談話以後，不知為什麼她消失了這種信心了。在別一方面，這種信心對於曼英是必要的，如果這種信心沒有了，這是說，曼英失去了生活的根據。她為什麼還生活在世界上呢？……曼英想回答這個問題，然而她現在卻沒有一個確定的回答了。

曼英呆立著不動，兩眼無目的地望著街道中電車和汽車的來往。然而人眾如浪潮一般，不由她自主地，將她湧進先施公司店房裡面去了。她在第一層樓踱了一回，又跑上第二層樓去。她看看這個，看看那個，不懷著任何的目的。買貨物的人大半都是少奶奶，小姐和太太，藍的，紅的，黃的……各式各種的衣服的顏色，只在她的眼簾前亂繞，最後飛旋成了一片，對於她都形成一樣的花色了。忽然一種說話的聲音傳到她的耳膜裡，她不禁因之驚怔了一下。那聲音是很熟的呵，然而她一時記不起來那聲音到底是誰的。她轉過臉來向那說話的方向往去：那是賣綢緞的地方，兩個女子正在那裡和店員說著些什麼；她們是背朝著曼英的，所以曼英看不清楚她們是誰。一個是老太婆的模樣，另一個卻是少奶奶的打扮，她穿著花緞的旗袍，腳下穿著一雙花邊的高跟皮鞋。她看來是一個矮胖的女人……曼英忽然想道，「這難道說是……是楊坤秀嗎？或者就是她罷……」曼英想著想著，便向那兩個女子走去。曼英也裝著買貨的模樣，和那個少奶奶裝束的矮胖的女子並起肩來。那女子向曼英望了一眼，曼英即刻就認出來了，這不是別人，這正是楊坤秀！雖然她現在比從前時髦得多了，臉上抹了很濃的脂粉……

「呵，你，曼英嗎！」楊坤秀先開口這樣驚訝地說。她見著了曼英，似乎很歡欣，大有「舊雨重逢」之概。然而什麼時候曾是一個非常熱情的曼英，現在卻向楊坤秀答以冷靜的微笑而已。

「坤秀，你變得這樣時髦，我簡直認不出來了呢。你已經結了婚嗎？」

楊坤秀聽了曼英的話，不禁將臉紅了一下，然而那與其說是由於羞赧，不如說是由於幸福的滿意。

「是的，」楊坤秀微笑著說道，「我已經結了婚了。難道說你……你還沒有嗎？柳

十

遇秋呢？你還沒有和他同居嗎？」

「你的愛人姓什麼？他現在做什麼事情？請你告訴我。」曼英不回答楊坤秀的問題，反故意地笑著這樣向她發問。

「他……」楊坤秀的臉更加紅起來，很忸怩地說道：「張易平你知道嗎？恐怕你是知道的。他現在是第三師的軍需處長……」

「原來你已經做起官太太了，」曼英握起來楊坤秀的手搖著說道，「恭喜！恭喜！住在上海嗎？」

「曼英，你別要這樣打趣我！我們已經很久沒有見面了呢！你現在好嗎？我住在法租界，不大遠，到我的家裡玩玩好不好？」

「你現在什麼都不管了嗎？」曼英一邊看著楊坤秀的豐滿的面龐，一邊暗自想道，她真是一個官太太的相呢……楊坤秀很平靜地笑著回答道：

「難道你還管嗎？那些事情，什麼革命，什麼……那不是我們的事情呵。我們女子還是守我們的女子本分的好。」

「坤秀，你到底要不要這花緞呢？」一直到現在緘默著不說話的老太婆說。看她的模樣也許是坤秀的婆婆，也許是……曼英還未來得及斷定那個老太婆是坤秀的什麼人的時候，坤秀又向曼英逼著問道：

「請你說，你到底願意不願意到我的家裡去呢？我住在貝勒路底……」

曼英一時間曾想到楊坤秀的家裡去看一看。楊坤秀本來是曼英的從前的好友呵，現在曼英不應忘卻那親密的情誼……但是她轉而一想，那是沒有再和楊坤秀周旋的必要了：如果因為柳遇秋做了官，曼英便和他斷絕了愛人的關係，那麼楊坤秀現在做了官太太了，曼英又何能不和她斷絕朋友的關係呢？已經走上兩條路了，那便沒有會合的時候……

「好，有空我就來看你罷，現在我還有一個地方要去一去。」

曼英與楊坤秀握別了之後，便走出先施公司的門口。人們還是照常地湧流著，街心中的汽車和電車還是照常地飛跑著……曼英現在簡直不明白發生了一回什麼事。楊坤秀，從前曾為曼英所親愛過的楊坤秀，現在竟這樣地俗化了，她很自足地做了官太太……這究竟是一回什麼事呢？柳遇秋做了官，將自己的靈魂賣了。現在這個楊坤秀，什麼時候曾和曼英一塊兒幻想著偉大的事業的楊坤秀，更要糟糕一些，她連自己的靈魂和肉體通通都賣掉了……她的面容是那樣地滿足而愉快！難道說他們是對的，而曼英是傻瓜嗎？天曉得！……

在別一方面，李尚志說曼英走錯了路，說她沉入了小資產階級的幻滅……天哪！到底誰個對呢？曼英的思想和感覺不禁更形混亂起來了。頭部忽然疼痛起來，臉孔變得如火燒著一般。她覺著她自己是病了。

踏進了亭子問。阿蓮照常地笑著迎將上來。她的兩個圓滴滴的小笑窩又在曼英的眼前顯露著了。曼英向她出了一會神……忽然倒在床上，伏著枕痛哭起來了。傷心的痛哭刺激得阿蓮也難過起來。她於是也陪著曼英痛哭起來了。

「阿蓮，我要死了……」

「姐姐呵，你不能死……你死了我怎麼好呢？……」

「我的妹妹，不要緊，我死了之後，李先生一定是可以照顧你的。」

「姐姐，你不能死呵，好好地為什麼要死呢？……」

曼英真個病了。第二天沒有起床。渾身發熱，如被火蒸著一般。有時頭昏起來，她竟失去了知覺。可憐的小阿蓮坐守著她，有時用小手撫摩著曼英的頭髮。

在清醒的時候，曼英很想李尚志走來看她，她想，他的溫情或者能減輕自己的病症……但是她又轉而想道，需要李尚志的溫情幹什麼呢？她應當死去，孤獨地死去，什麼都不再需要了。人一到要死的時候，一切都是空虛，空虛，空虛而已……阿蓮提起請醫生的事情來，曼英笑著說道：

「還請醫生幹什麼呢？我知道我一定是要死的！」

阿蓮不願意曼英死去。但是阿蓮沒有方法治好曼英的病。她只能伏在曼英的身上哭。

第三天。曼英覺察到了：她的下部流出來一種什麼黃白色的液體……她不知道這到底是什麼東西，然而她模糊地決定了，這大概是一般人所說的梅毒，花柳病……她曾一時地驚恐起來。然而，當她想起她快要死去的時候，她的一顆心又很平靜了。她

十

曾聽見過什麼梅毒，白帶，什麼各式各種的花柳病，然而她並不知道那是一回什麼事，更沒曾想到她自己也會經受這種病。現在曼英病了。她的病不是別的，而是萬人所唾罵的花柳病……這是怎樣地羞辱呵！但是，反正是一死，她想道，還問它幹什麼呢？……

她知道，她很急切地希望著李尚志的到來，然而她一想到「如果李尚志知道我現在得了這種病症的時候，他該要怎樣地鄙棄我呵！……」不但不希望李尚志的到來，而且希望李尚志永遠地不會來看她，如此，他便不會得知曼英的祕密。

「阿蓮！如果你一聽見有人敲後門的時候，你便跑下樓去看一看是誰。如果是李先生的話，那你便對他說，我不在家……」

「姐姐，我不明白。為什麼你不要李先生進來呢？他是一個好人呵！」

「好妹妹，別要問我！你照著我的話做去好了。」

她曾不斷地這樣向阿蓮說……

第四天。曼英退了燒。出乎她自己的意料之外，她居然難起床了。那黃白色的液體還是繼續地流著，然而似乎並不沉重，並沒有什麼特異的危險的徵象。她有點失望，因為如此下去，她是不會死的。但是她本能地又有點歡欣起來，她究竟還可以再活下去阿。

阿蓮的兩個圓滴滴的小笑窩又在曼英的眼前展開了。

「姐姐，我知道你是不會死的呵！」

聽了阿蓮的話，曼英很親切地將阿蓮抱在懷裡吻了幾吻。然而在意識上，曼英還是以為活著不如死去好，「既然生了這種羞辱的病，還活著幹什麼呢？如果李尚志知道了……唉，願他永遠地不知道！曼英可以死去，然而這害了梅毒的事情，上帝保佑，讓他永遠地不知道罷！……」

一聽見有人敲叩後門，曼英便叫阿蓮跑下樓去看看。

「姐姐，不是李先生，是別一個人。」

阿蓮的簡單的報告使得曼英同時發生兩種相反的心情，歡欣與失望。歡欣的是，那是別一個人，而不是李尚志；失望的是，為什麼李尚志老不來看她呢？難道說把她

十

忘記了嗎？或者他以為曼英墮落得不堪，就從此和曼英斷絕關係嗎？……

這真是巨大的矛盾呵！曼英現在生活於這種矛盾之中，不能拋棄任何一方面。但是曼英知道，她是不能這樣長此生活下去的。或者她即刻死去，或者她跑至李尚志的面前痛訴一切，請求李尚志的寬恕，再從新過著李尚志式的生活……在這兩條路之中，曼英一定是要選擇一條的。她覺得她還可以生活著下去，但是在別一方面，她又想道，她是病了，她再沒有和李尚志結合的機會了。雖然李尚志對她還是鐘著情，但是她已經不是從前的曼英了，已經是很不潔的人了，還有資格領受李尚志的情愛嗎？不，她是絕對沒有這種資格了！

過了一天，李尚志沒有來。

過兩天，三天，四天，李尚志還沒有來。

曼英明白了，李尚志不會再來看她了。那一天李尚志不是很誠懇地勸過曼英嗎？不是很熱烈地希望過過去的曼英復生嗎？而她沒有給他一個確定的回答，而她差不多完全拒絕了他……好，李尚志還需要你王曼英幹什麼呢？李尚志是不會再進入王曼英的亭子間的了。

但是，也許李尚志不再需要曼英了，而曼英覺著自己很奇怪，似乎一定要需要李尚志的樣子，不能一刻地忘記他……李尚志於無形中緊緊地將曼英的一顆心把握住了。

「阿蓮，你看李先生不會來了嗎？」

「為什麼不會來？他一定是會來的。你忘記了他曾說過他的事情很忙嗎？」

曼英時常地問著，阿蓮也就這樣時常地答著。對於李尚志一定會來的事情，曼英覺得阿蓮比自己還有信心些。

已經是快要夜晚了。曼英忽然覺著非去看一看李尚志不可。無論他在家與否，就是能夠看一看他的房間，那他在書桌子上放著的一張小相片，那些……也是好的呵！她匆促地走出門來，忘卻了一切，忘卻了自己的病，一心一意地向著李尚志的住處走去。阿蓮曾阻止她說道：

「姐姐，我的飯快燒好了，吃了飯才出去罷！」

十

但是在現在的這一刻間，這吃飯的事情是比較次要的了。對於曼英，那去看李尚志的事情，要比什麼吃晚飯的事情重要得幾千倍！……

黃包車伕是那樣地飛跑著，然而曼英覺得他跑得太慢了。如果她現在坐著的是飛機，那她也未必會感覺到飛機的速度。她巴不得一下子就到了李尚志的住處才是！街上的電燈亮起來了。來往的汽車睜著光芒奪人的眼睛。在有一個十字路的轉角上，電車出了軌，聚集了一大堆的人眾……但是曼英都沒注意到這些，似乎整個的世界對於她都是不存在的了，存在的只是她急於要看見的李尚志。唉，快一點，黃包車伕！越快越好呵！謝謝你！

黃包車終於在李尚志所住著的弄堂口停住了。曼英付了車資，即預備轉過身來走入弄堂口裡去。她歡欣起來了：她即刻就可以看見李尚志，即刻就可以和李尚志談一些很親密的話了，也許她，曼英，即刻就可以傾倒在李尚志的強有力的懷抱裡……忽然，一種思想，如巨大的霹靂一般，震動了她的腦際：她到底為著什麼而來呢？為著接受李尚志的勸告嗎？為著接受李尚志的愛嗎？但是她，曼英，已經是一個很墮落的人了，現在竟生了梅毒！她還有能力接受李尚志的勸告嗎？還有資格接受李尚志的愛嗎？不，她不應當有任何的希望了！她應當死去，即速地死去！她不應當再來擾亂李尚志的生活呵！……想到此地，她便停住了步。李尚志也許正在家裡，也許他正對著曼英的相片出神，然而曼英覺得自己的良心太過不去了，便很堅決地切斷要和李尚志見面的念頭。她覺得她輸去了一切，很傷心，然而她又覺得自己變成了一團的空虛，連眼淚都沒有了。

離開了李尚志所住著的弄堂口，她迷茫地走到了一條比較熱鬧的大街。人聲嘈雜著，汽車叫鳴著，電車——著……連合成一片紛亂而無音節的音樂。曼英迷茫地聽著這音樂，不懷著任何的目的。她感覺著自己已經是不存在的了。從前她在街上一看見生活豐裕的少爺，少奶奶，大腹賈……便起了憎恨，但是她現在沒有這一種心情了，因為她自己已經是一團的空虛了。

曼英走著走著，忽然前面有一個人擋著去路。曼英舉起頭來，向那人很平靜地出了一會神，宛然那人立在她的面前如一塊什麼木塊似的，不與她以任何的感觸。忽然她覺得那面孔，那眼睛，那神情，是曾在什麼時候見過的，那是在很遠很遠的時候……曼英還未來得及想出那人到底是誰，那人已經先開口了：

十

「今天我總算是碰到了你！」

這句話歡欣又忿怒。曼英的腦筋即刻為這句話打擊得清醒起來了。這不是別人，這是她的救主（?），這是要討她做小老婆的陳洪運……

「啊哈！今天我總算是也碰到了你呵！」曼英冷笑著這樣說。陳洪運聽見曼英的話，不覺表現出來很遲疑的神情。他的忿怒似乎消逝下去了。

「你這個騙子！」陳洪運不大確信地說。

「騙子不是我，而是你！」

「你為什麼說我是騙子呢？」

「我寫給你的信你都沒收到嗎？」曼英扯起謊來了。

「我接到了你一封罵我的信。」

「你接到了我一封罵你的信？」曼英做出很驚詫的神情，說道，「你在扯謊還是在說真話？」

「笑話！你自己寫的，難道忘記了嗎？那封信難道說不是你寫的嗎？」

曼英聽了陳洪運的話，故意做出遲疑的神情，半晌方才說道：

「這真奇怪了！我真不明白。難道說坤秀會做出這種事情嗎？」曼英低下頭來，如自對自地說了最後的一句話。

「難道說那不是你寫的嗎？」

「當然不是我寫的！我敢發誓……」

曼英還未將話說完，忽然不知道從什麼地方湧來了一群人，將她擠得和陳洪運碰了一個滿懷。陳洪運趁這個機會，即刻將曼英的手握住了。

「我住在S旅館裡，離此地不遠……此地不是說話的地方，到我的寓處去，好嗎？」

「你不是常住在上海嗎？」曼英問。

「不，我前天從南京來……」

「你還要回到南京去嗎？」

「是的，我在南京辦事情。」

十

曼英躊躇起來了：她要不要和陳洪運到旅館去呢？如果一去的話，那是很明白的，陳洪運一定要求他所要得到而終沒得到的東西……但是曼英現在是病了呵，她不能夠答應他的那種要求……忽然她笑起來了，很堅決地說道：

「走，走，到你的旅館去罷！」

陳洪運聽見了曼英的話，表示很滿意，即刻將曼英的臂膀挽起來，開始走向前去。在路上她為他解釋著道，那一封罵他的信一定不是她寫的，她絕不會做出這種沒有道理的事情來。從S城到上海來了之後，她住在她的一位女朋友的家裡，每逢曼英有什麼信要寄，都是要經過她的手的。她有一位哥哥很看中了曼英……難道他們在暗地裡弄鬼嗎？一定是他們弄鬼呵！……

陳洪運相信了。他說，那一定是曼英的女朋友弄鬼，曼英是不會做出這種事情的……但是在別一方面，這些事情對於他已經是不重要了，重要的是他現在能夠挽著曼英的臂膀，即刻就可以吻她的唇，摟抱她的腰……曼英近來雖然病了，雖然黃瘦了許多，但是在陳洪運看來，她比在S城時更漂亮得多了。上海的時髦的裝束，將曼英在陳洪運的眼中更加增了美麗。不料意外地這美麗今夜晚又落在他的手裡……他真應當要感謝上帝的賜與了。

同時，曼英一邊走著，一邊想道，今夜晚她要報答他的恩了！她將給他所需要的，同時她還贈給他一件不可忘卻的禮物——梅毒！曼英雖然不能決定自己到底害著什麼病，然而她假設著這病就是梅毒，今夜晚她要把梅毒做為禮物……她已經沒有任何的希望了。她還能看著別人很平安地生活下去嗎？她已經是一個病人了，還能為別人保持著健康嗎？管他呢！從今後她的病就是向社會報復的工具了。如果從前曼英不過利用著自己的肉體以侮弄人，那麼她現在便可以利用著自己的病向著社會進攻了。讓所有的男子們都受到她的傳染罷，橫豎把這世界弄毀壞了才算完了事！曼英既不姑息自己，便一切什麼都不應當姑息了。

於是她很高興地走向陳洪運的旅館去……既然他很願意她使著他滿意，那她又何必使他失望呢？呵，就在今夜裡……

一夜過去了。陳洪運向曼英表示著無限的謝意。他要求曼英一同到南京去，但是曼英向他說道：

十

「你先去，你先把房子租好了我才來呢。這一次大概不會像先前的陰差陽錯了。」

於是陳洪運很快樂地回到南京去。曼英依舊留在上海。她又重新興奮起來了。她從今後有了很巧妙的工具，她希望著全人類為梅毒菌所破毀。管它呢？！……

曼英似乎暫時地將李尚志忘卻了。有時偶爾一想起李尚志來，不免還有著一種抱愧的心情，然而她很迅速地就決定道：「他做他的，我做我的，看看誰個的效果大些……我老是懸念著他幹什麼呢？……」

第二天晚上她在天韻樓上碰到了錢培生……第四天晚上在同一個所在地碰到了周詩選……她都給了他們以滿意。

她還想繼續找到承受她的禮物的人……

但是在第五天的晚上，曼英還未來得及出門的時候，李尚志來了……

十一

阿蓮見著李尚志走進房來，歡喜得雀躍起來了。她即刻走向前去，將李尚志的手拉著，瞇著兩眼，笑著問道：

「李先生，你為什麼老久不來呢？」

「我今天不是來了嗎？」

「姐姐天天說你為什麼不來看我們呢。她老記唸著你，李先生……」

「這阿蓮才會扯謊呢。」正預備著走出去的曼英，現在傍著桌子立著，這樣笑著說。她不知道為什麼她要否認阿蓮的話，可是否認了之後，她又覺得她是不應當否認的。她見著了李尚志走進房來，一瞬間也曾如阿蓮一般地歡欣，也曾想向前將李尚志的手拉起來，和他在床上並排地坐下，說一些親密的話。然而她沒有這樣做。當她一

十一

想起來自家的現狀，她覺得她沒有權利這樣做，於是她將頭漸漸地低下來了。

「李先生，你為什麼老穿著這一套衣服呢？」曼英又聽見阿蓮說話了。「永遠不換嗎？沒有人替你洗嗎？我會洗，有衣服拿來我替你洗罷。」

「小妹妹，」李尚志很溫存地摩著她的頭，笑道，「你真可愛呢。謝謝你。你看我這一套衣服不好看嗎？」

「天氣有點熱起來了呢。」

阿蓮說著，便將李尚志拉到桌子旁邊的椅子上坐下。她先從熱水瓶倒出一杯開水來，然後開開抽屜，拿出來一包糖果（這是曼英買給她吃的），向李尚志笑著說道：

「李先生，長久不來了，稀客！」阿蓮說著這話，扭過臉來向曼英望著，表示自己很會待客的神情。然後她又面向著李尚志說道，「這是姐姐買給我吃的，現在請你吃，不要客氣。」

李尚志面孔變成了那般地和藹，那般地溫存，那般地親愛，簡直為曼英從來所沒看見過。他似乎要向阿蓮表示謝意，但他不知說什麼話為好，只是微笑著。曼英簡直為他的這般神情所吸引住了，兩眼只向他凝視著不動。

阿蓮和李尚志開始吃起糖果來，宛然他們倆忘卻了曼英的存在也似的。她覺得在他們倆的面前，她是一個剩餘的人了。房中的空氣一時地沉重起來，緊壓著曼英的心魂，使她感覺到莫知所以的悲哀。一絲一絲的淚水從她的眼中簌簌地流出來了。

「曼英！曼英！」李尚志一覺察到這個時，便即刻跑到曼英的面前，拉起她的手來說道，「你，你又怎麼了？我感覺著你近來太變樣了。你看，你已經黃瘦了許多。你到底遇著了什麼事呢？你這樣……這樣糟踏自己的身子是不行的呵！你說，你有什麼心事！我做出使你傷心的事了嗎？我的……（他預備說出妹妹兩個字來。）你說，你說……」

曼英不回答他的話，伏在他的肩上更加悲哀地哭起來了。阿蓮不知發生了什麼事情，只呆立著不動，如失了知覺也似的。停了一會，曼英開始哽咽著繼續地說道：

「尚志，我不但對不起你，而且我……我已經……成為一個不可救藥的人了。從前我不愛你，那，那是我的錯誤，請你寬恕我。可是現在……尚志！可是現在……我沒有資格再愛你了，我，我不配呵！……唉，如果你知道我的……」

說至此地，曼英停止住了。李尚志覺得她的淚水滲透了他的衣服，達到他的皮膚了。他見著曼英的兩個肩頭抽動著，使用手撫摩起她的肩頭來。

「曼英，你有什麼傷心事，你告訴我罷，世界上沒有什麼辦不好的事情……」

曼英想痛哭著儘量地告訴李尚志這半年多的自家的經過，可是她覺著她沒有勇氣，她怕一說出來，李尚志便將她推開，毫不回顧地跑出房去……那時該是多麼地可怕呵！不，什麼都可以，可是她絕不能告訴李尚志這個！那時不但李尚志要拋棄她，就是和她住在一塊，稱她為姐姐的小阿蓮，也要很驚恐地跑開了。不，什麼都可以，只要不是這個！……

「尚志，」停了一會，曼英又哽咽著說道，「說也沒有益處。已經遲了，遲了！尚志，我對不起你，對不起你……」

「你有什麼對不起我的地方呢？」

「現在你可以打我，罵我，唾棄我，但是你不可以愛我……我已經是墮落到深淵

十一

的人了。唉，尚志，我現在只有死路一條，永遠地不會走到復生的路上了……」

李尚志恐怕曼英站著吃力，便將她扶至床邊和著自己並排坐下了。曼英的頭依舊伏在他的肩上。他伸一伸手，似乎要將曼英擁抱起來，然而他終究沒有如此做。

「曼英，我簡直不明白你，你為什麼要這樣地自暴自棄……我是不會相信你自己的話，什麼不會復生的話……」

他看一看那床頭上的曼英的相片。停了半晌，忽然他很興奮地說道：

「曼英，請你相信我，我無論如何忘記不掉你。有時工作著工作著，忽然你的影子飛到腦裡來……唉，這些年，自從認識了你以來，我實在沒有一天不想念著你呵！……曼英，曼英，我愛你呵！……」

李尚志在曼英的頭髮上狂吻起來。曼英覺著他的全身都在顫動了。由他的內裡奔湧出來的熱力，一時地將曼英的心神衝激得憂惚了，曼英也就不自主地傾倒在他的懷抱裡。呵，這懷抱是如何和柳遇秋，錢培生，周詩逸……等人的不同！李尚志的親吻該是多麼地使著曼英感覺得幸福和愉快！……她的意識醒轉來了。她驚駭得從李尚志

十一

的懷抱裡突然地跳將起來。她以為她在李尚志的面前犯了不可赦免的罪過：她忘卻她自己了！她還有資格這樣做嗎？她是在犯罪呵！……

於是曼英又失望地哭起來了。

「尚志，」她吞著淚說道，「我沒有權利這樣做，我不配……請你忘記我罷，永遠地忘記我！……這樣好些，這樣好些呵！你應當知道……」

曼英哭得不能成聲了。被曼英的動作所驚愕住了的李尚志，只瞪著兩眼向曼英望著，似乎不明白發生了一回什麼事。聽了曼英的話，半晌方才說道：

「曼英，你一點兒都不愛我嗎？」

「親愛的，尚志，你別要說這種話罷，這簡直使我痛苦死了呵！」曼英說著，又和李尚志並排坐下了。她睜著兩隻淚眼，很痛苦地向李尚志望著，繼續說道：

「不錯，從前我是不愛你的，那是我的錯誤，請你原諒我。可是現在，我愛你，尚志，我愛你呵……不過我不能愛你了。我不配愛你了。如果我表示愛你，那我就是對你犯罪。」

「我真不明白你的意思。」

「我的尚志，親愛的……是的，你不明白我的意思。你不可以明白我的意思呵！唉，天哪，這是多麼地痛苦呵！……」

一直呆立到現在不動的阿蓮，現在如夢醒了一般，跑到曼英的面前，伏倒在曼英的懷裡，放著哭音說道：

「姐姐，你不要這樣呵！聽一聽李先生的話罷，他是一個好……好人……」

曼英的淚滴到阿蓮的髮辮上。她這時漸漸地停止住哭了。她撫摩著阿蓮的頭髮，忽然將思想都集中到阿蓮的身上。她知道她是離不開阿蓮的，如果沒有阿蓮，那她便不能生活。但同時她又明白，那就是她沒有權利將阿蓮長此放在自己的身邊。她也許會今天或明天就死去，但是她將怎樣處置阿蓮呢？阿蓮的年紀還輕，阿蓮的生活還有著無限的將來；曼英既然將自己的生活犧牲了，那她是沒有再將阿蓮幼稚的生活弄犧牲了的權利呵！……但是，她應當怎樣處置阿蓮呢？

這時李尚志似乎也忘卻別的，只向阿蓮出著神。房間內一時地沉默起來。過了一

十一

會，李尚志忽然想起來了他久已要告訴曼英的事情：

「我險些兒又忘記了。曼英，我們有一處房子，看守的人是一個老太婆。我們來來往往的人很多，那是很惹人注目的，頂好再找一個小男孩或是小姑娘。我看阿蓮是很聰明的，如果……」

李尚志說到此地不說了，兩眼向著曼英望著。曼英明白了他的意思。她始而大大地顫戰了一下，如同聽到了一個可怕的消息一般。繼而她又向她的意識妥協了，李尚志是對的，阿蓮應跟著他去……她失去了阿蓮，當然要感受到深切的苦痛，然而這只是她個人的命運……

「阿蓮能夠到我們那邊去嗎？」停了一會，李尚志很無信心地向曼英問了這麼一句。曼英一瞬間覺著李尚志太殘酷了，他居然要奪去她的這個小伴侶，最後的安慰！她不禁憤恨地望了李尚志一眼。但是她終於低下頭來，輕輕地說道：

「尚志，這是可以的。」

阿蓮還不明白是怎麼一回事。李尚志聽了曼英的話，不禁很歡喜地將阿蓮拉到自己的身邊，笑著向她說道：

「阿蓮，你沒有母親了，我們那邊有一個老太婆可以做你的母親，你去和她一塊過活罷。你願意不願意？」

阿蓮搖一搖頭，說道：

「李先生，我不願意。我還是和姐姐一塊兒過活好。姐姐喜歡我，姐姐待我好，我不願意到別的地方去。」

阿蓮轉過臉來，目不轉睛地向曼英望著，那神情似乎向曼英求救的樣子。曼英一想到阿蓮去了之後，那她便孤單單地剩在這房間裡，那兩個圓滴滴的小笑窩也許從此便不會在她的眼前顯露了……不禁又心酸起來，簌簌地流下來幾顆很大的淚珠。但她用手帕將淚眼一揩，即刻又鎮定起來了。她將阿蓮拉到自己的懷裡，撫摩著她的頭，輕輕地，很溫存地，如同母親對女兒說話的樣子，說道：

「妹妹，你一定要到李先生那邊去呢。那邊有個老太婆，良心好的很，我知道，她一定比我還要待你好些。現在你不能跟我在一塊兒住了，你曉得嗎？我要離開上

十一

海，回家去，過兩三個月才能來。你明天就到李先生那邊去罷，李先生一定很歡喜你的。」

「我捨不得姐姐你呵！」阿蓮將頭抵住曼英的胸部，帶著一點兒哭音說，「我捨不得你呵，姐姐！……」

「兩三個月之後，你還會和我一塊兒住的，你曉得嗎？好妹妹，請你聽我的話罷，明天李先生來領你去，那邊一定會比我這裡好……」

阿蓮在曼英的懷裡哭起來了。曼英不禁又因之傷起心來。停了一會，曼英開始用著比較嚴肅些的聲音說道：

「妹妹，你為什麼要哭呢？你還記得你的爸爸和媽媽的事情嗎？如果你還記得，你就要跟著李先生去！李先生可以為你的爸爸和媽媽報仇……你明白了嗎？……」

阿蓮一聽見這話，果真地不哭了。她從曼英的懷裡立起身來，向李尚志審視了一會，然後很確定地說道：

「李先生，我願意跟你去了。」

曼英又將阿蓮拉到自己的身邊，在她的腮龐很親密地吻了幾下，說道：

「你真是我的好妹妹呵！……」曼英說著這話，微笑了起來，同時，湧激的淚潮又從她的眼睛中奔流出來了。她轉過臉來向李尚志斷續地說道：

「尚志！好好地看待她罷！……好好地看待她罷！……看在我的份上。……你不應當讓任何人難為她……你能答應我這個嗎？」

「曼英！」李尚志很確信地說，「關於這一層請你放心好了！我們自己雖然穿得這個怪樣，但是我們一定要為阿蓮做幾套花衣服，好看一點的衣服，穿一穿。我們的那個老太婆，她是張進的，你曉得張進嗎？她是張進的母親，心腸再好也沒有了。如果她看見了阿蓮，那她一定會歡喜得流出老淚來。」

已經十點多鐘了。李尚志告辭走了。在李尚志走了之後，曼英為著要使阿蓮安心，又詳細地向她解釋了一番。阿蓮滿意了。睡神很溫存地將阿蓮擁在懷抱裡，阿蓮不斷地在夢鄉裡微笑……

曼英也安心了。她想道，她也許辜負了許多人：母親，朋友，李尚志……也許她確確實實地辜負了革命。然而，無論如何，她是可以向自己說一句，總算是對得住阿蓮了！阿蓮已經有了歸宿。阿蓮不會再受什麼人虐待了。

十一

但是在別一方面，曼英將失去自己的最後的安慰，最後的伴侶……她還有什麼興趣生活下去呢？她所剩下來的還有什麼呢？……她覺著她失去了一切。這一夜，如果阿蓮帶著微笑伏在睡神的懷裡，那曼英便輾轉反側，不能入夢。她宛然墜入了迷茫的，絕望的海底，從今後她再不能翻到水面，仰望那光明的天空了。

第二天一清早，李尚志便將阿蓮領了去。曼英沒有起床，阿蓮給了她無數的辭別的吻……於是阿蓮便離開曼英了。那兩個圓滴滴的小笑窩，曼英也許從今後沒有再看見的機會了！她失去了最後的安慰，她失去了一切……於是她伏在枕上毫無希望地啜泣了半日。

從這一天起，曼英只坐在自己的一間小房裡，什麼地方也不去了。她開始寫起日記來。這下面便是她的日記中的斷片：

「……阿蓮離我而去了。我失去了生活中的最後的安慰。我知道從今後阿蓮走上光明的生的路上去。但是我自己呢？……我已經沒有路可走了。我的前面只是一團絕望的漆黑而已。然而我很安心，因為我總算是沒有辜負了阿蓮，這個可愛的小姑娘……」

「今天下午李尚志來了。我先問起阿蓮的情形。我生怕他們男子們粗野，不會待遇小孩子。他說，那是不會的。他說，無論怎樣，他李尚志有保護阿蓮不吃苦的責任……後來，他又開始勸起我來了。他說，我對於革命的觀念完全是錯誤的，革命並不如我所想像的那樣……我真有點煩惱起來了。當我失去一切的時候，我還問什麼革命不革命呢？他終於失望而去。」

……

「今天李尚志又來了。他說，他無論怎樣不能忘記我！他說，他愛我，一直從認識的時候起……我的天哪，這真把我苦惱住了！我並不是不愛他，而是我現在不能愛他了。我想將我的真相告訴他，然而我沒有勇氣……我的天哪，我怎樣才能打斷他對於我的念頭呢？……如果我要領受他的愛，那勢必不得不將我自己的生活改造一下，然而這是怎樣困難的事情呵！不但要改造生活的表面，而且要將內裡的角角落落

十一

都重新翻一翻……不，這是太麻煩了！況且我現在已經害了這種病，又怎麼能夠愛他呢？」

……

「我完完全全是失敗了！我曾幻想著破壞這世界，消滅這人類……但是到頭來我做了些什麼呢？可以說一點什麼都沒有做！我以為我可以盡我的力量積極地向社會報復，因之我糟踏了我的身體，以致於得了這種羞辱的病症……但是效果在什麼地方呢？萬惡的社會依然，敵人仍高歌著勝利……」

「李尚志今天又來了。他隨身帶了許多書籍給我。我的天哪，他到底是怎麼一回事呢？他近來的工作不忙了嗎？……他老勸告我回轉頭來，但是他不知道我是永回不轉頭來的了。我豈不是想……唉，我還是想生活著呵，很有興趣地生活著呵！……但是我生活不下去了。我失去了一切。我失去了信心呵，這最重要的信心呵！……他不能瞭解我現在的心境，恐怕他永遠沒有瞭解的可能了。他擁抱著我，他想和我接吻……我豈不想嗎？我豈不想永遠沉醉在他的強有力的懷抱裡嗎？然而當我一想起我自身的狀況，我便要拒絕他，不使他挨到我的已經被汙穢了的身體……如果我不如此做，我便是在他的面前犯罪呵！……」

「唉，苦痛呵，苦痛！……我希望李尚志永遠不要再來看我了，讓我一個人孤單地死在這間小房子裡……這樣子好些呵！……但是他近來簡直把持不住了自己，似乎一定要得到我的愛才罷手！今天他又來了。他苦苦地勸告我，以致於到了哭著哀求的地步。這真是出乎我的意料之外了。他說，他一定要救我，救不了我，那他便不能安心地工作下去……我的天哪，這倒怎麼樣好呢？我變成了他的工作的障礙物了！不，我一定要避開他，永遠地避開他……」

……

「我已下了決心了！我不必再生活下去！李尚志應當生活著，阿蓮應當生活著，因為生活對於他們是有意義的。但是我……我還生活下去幹什麼呢？我既不能有害於敵人，也不能有益於我的朋友，李尚志……我是一個絕對的剩餘的人了。算了！不再延長下去了！讓我完結我自己的生活罷！……明天……早晨……我將葬身於大海裡，永遠地，永遠地，脫離這個世界，這個萬惡的世界……別了，我的阿蓮！如果你的姐姐的生活沒有走著正路，那她所留給你的禮物，就是她的覆轍呵！……別了，我

十一

的李尚志！我所要愛而不能愛的李尚志！我不希望你能原諒我，但我希望你能不忘記我……」

於一天早晨，曼英坐上了淞滬的火車。一夜沒有睡覺，然而曼英並不感覺到疲倦，一心一意地等著死神的來到。人聲噪雜著，車輪——著，而曼英的一顆心只是迷茫著。她的眼睛是睜著，然而她看不見同車內的人物。她的耳朵是在展開著，然而她聽不見各種的聲音。人世對於她已經是不存在的了，存在的只是那海水的懷抱，她即刻就要滾入那巨大的懷抱裡，永遠地，永遠地，從人世間失去了痕跡……

她無意識地向窗外伸頭望一望，忽然她感覺到一種很相熟的，被她所忘卻了的東西：新鮮的田野的空氣，刺激入了她的鼻腔，一直透徹了她的心脾；溫和的春風如雲拂一般，觸在她的面孔上，使她感覺到一種不可言喻的愉快的撫慰；朝陽射著溫和的光輝，向曼英展著歡迎的微笑……一切都充滿著活潑的生意，彷彿這世界並不是什麼黑暗的地獄，而是光明的領地。一切都具著活生生的希望，一切都向著生的道路走去。你看這初升的朝陽，你看這繁茂的草木……

曼英忽然感覺到從自身的內裡，湧出來一股青春的源泉，這源泉將自己的心神沖洗得清晰了。她接著便明白了她還年輕，她還具有著生活力，她應當繼續生活下去，領受這初升的朝陽向她所展開的微笑……

曼英想起來了去年的今時。也許就在今天的這一個日期，也許就在這一刻，她乘著火車走向H鎮去。那時她該多麼充滿著生活的希望呵！她很勝利地、矜持地，領受著和風的溫慰，朝陽的微笑，她覺得那前途的光明是屬於她的。總而言之，那時她是向著生的方面走去。時間才經過一年，現在曼英卻乘著火車走向吳淞口，走向那死路去……這是怎麼一回事呢？這是錯誤罷？這一定是錯誤！曼英的年紀還輕，曼英還具有著生活力，因之，這朝陽依舊向她微笑，這和風依舊給她撫慰，這田野的新鮮的空氣依舊給她以生的感覺……不，曼英還應當再生活下去，曼英還應當把握著生活的權利！為著生活，曼英還應當充滿著希望，如李尚志那般地奮鬥下去！生活就是奮鬥呵，而奮鬥能給與生活以光明的意義……

曼英向著朝陽笑起來了。這笑一半是由於她感到了生的意味，一半是由於她想到了自己的痴愚：她的年紀還輕，她還有生活的力量，而她卻一時地發起痴來，要去投什麼海水！這豈不是大大的痴愚，同時，又豈不是大大的可笑嗎？不錯，她是病了，

十一

然而這病也許不就是那種病，也許還是可以醫得好的……這又有什麼失望的必要呢？

「過去的曼英是可以復生的呵！」曼英自對自地說道，「你看，曼英現在已經復生了。也許她還沒有完全復生起來，然而她是走上復生的路了……」

曼英還沒有將自己的思想完結，火車已經嗚嗚地鳴了幾下，在吳淞車站停下了。人們都忙著下車，但是曼英怎麼辦呢？她沉吟了一會，也下了車，和著人們一塊兒擠出車站去。她走至江邊向那寬闊的海口望了一會，便回轉到車站來，買了車票，仍乘上原車回向上海來……

……時間過得真快，李尚志不見著曼英的面，不覺得已經有兩個多月了。他還是照常地在地下室裡工作著，然而曼英的影像總不時地要飛向他的腦海裡來。「她到底到什麼地方去了呢？自殺了嗎？唉，這麼樣好的一個姑娘！……」他總是這樣想著，一顆心，可以說除開工作之外，便總是緊緊地繫在曼英的身上。

那是一天的下午。李尚志因為一件事情到了楊樹浦。在一塊上坪內聚集了許多男人和女人，李尚志走到他們跟前一看，明白了他們是在做什麼事。他們都是紗廠的工人……與其說好奇心，不如說責任心將李尚志引到他們的隊伍裡。無數面孔都緊張著，興奮著，有的張著口狂吼著……忽然噪雜的聲音寂靜下來了。李尚志看見一個年輕的穿著藍花布衣服的女工登上土堆，接著便開始演起說來。李尚志一瞬間覺得自己的眼睛花了，用力地揉了幾揉，又向那演說著的女工望去。不，他的眼睛沒有花，這的的確確是她，是曼英呵！……他不禁驚喜得要發起狂來了。他想跑上前去將曼英擁抱起來，儘量地吻她，一直吻到疲倦的時候為止。但是他的意識向他說道，這是不可以的，在這樣人多的群眾中……

曼英似乎也覺察到了李尚志了。在興奮的演說中，她向李尚志所在著的地方撒著微笑，射著溫存的眼光……李尚志覺得自己從來沒有像現在這樣地幸福過。

然而在群眾的浪潮中，曼英還有最緊要的事情要做，她竟沒有給與李尚志以談話的機會。僅僅在第三天的晚上，曼英走向李尚志的住處來了。她已經不是兩個多月以前的曼英了。那時她在外表上是一個穿著漂亮的衣服的時髦的女學生，在內心裡是一個空虛而對於李尚志又感覺到不安的人。可是現在呢，她不過是一個很簡單的女工而已，她和其餘的女工並沒有什麼分別。她的美麗也許減少了，然而她的靈魂卻因之充

十一

實起來，她覺得她現在不但不愧對李尚志，而且變成和李尚志同等的人了。兩個多月的時間並不算長，但是在曼英的生活中該起了多麼樣大的變化呵！……

李尚志的房間內一切，一點兒也沒有改變。曼英的相片依舊放在原來的桌子上。曼英不禁望著那相片很幸福地微笑了。這時她倚在李尚志的懷裡，一點兒也不心愧地，領受著李尚志對於她的情愛。

「尚志，我現在可以愛你了。」

「你從前為什麼不可以愛我呢？」

「尚志，如果我告訴你不可以愛你的原因，你會要鄙棄我嗎？」

「不，那是絕對不會的！」

曼英開始為李尚志訴說她流落在上海的經過。曼英很平靜地訴說著，一點兒也不覺著那是什麼很羞辱的事情，李尚志也就很有趣味地靜聽著，彷彿曼英是在說什麼故事也似的。

「……我得了病，我以為我的病就是什麼梅毒。我覺著我沒有再生活下去的必要了。於是我決定自殺，到吳淞口投海去，可是等我見著了那初升的朝陽，感受到了那田野的空氣所給我的新鮮的刺激，忽然我覺得一種生的慾望從我的內裡奔放出來，於是我便嘲笑我自己的愚傻了。……回到上海來請醫生看一看，他說這是一種通常的婦人病，什麼白帶，不要緊……唉，尚志，你知道我是怎樣地高興呵！」

「你為什麼不即刻來見我呢？」李尚志插著問。曼英沒有即刻回答他，沉吟了一會，輕輕地說道：

「親愛的，我不但要洗淨了身體來見你，我並且要將自己的內心，角角落落，好好地翻造一下才來見你呢。所以我進了工廠，所以我……呵，你的話真是不錯的！群眾的奮鬥的生活，現在完全把我的身心改造了。哥哥，我現在可以愛你了……」

兩人緊緊地擁抱起來。愛情的熱力將兩人溶解成一體了。忽然聽見有人敲門……曼英如夢醒了一般，即刻便立起身來。李尚志走至門前問道：

「誰個？」

「是我，李先生。」

十一

「啊哈！」李尚志歡欣地笑著說道，「我們的小交通委員來了。快進來，快進來，你看看這個人是誰……」

阿蓮一見著曼英，便向曼英撲將上來，拉住了曼英的手，跳著說道：

「姐姐，姐姐，你來了呵！」阿蓮將頭伏在曼英的身上，由於過度的歡欣，反放起哭音來說道：

「你知道我是怎麼樣地想你呵！我只當你不會來了呢！……」

曼英撫摩著阿蓮的頭，不知怎樣才能將自己的心情表示出來。她應向阿蓮說一些什麼話為好呢？……曼英還未得及開口的時候，阿蓮忽然離開她，走向李尚志的身邊，笑著說道：

「李先生，這一封信是他們教我送給你的，」她說著從懷中掏出一封信來遞給李尚志。「我差一點忘記掉了呢。我還有一封信要送……」

阿蓮又轉過身來向曼英問道：

「姐姐，你還住在原處嗎？」

「不，那原來的地方我不再住了。」曼英微笑著搖一搖頭說。

「你現在和李先生住在一塊嗎？」

曼英不知為什麼有點臉紅起來了。她向李尚志溜了一眼，便低下頭來，不回答阿蓮的話。李尚志很得意地插著說道：

「是的，是的，她和我住在一塊了。你明天有空還來罷。」

阿蓮天真爛漫地，如有所明白也似的，微笑著跑出房門去了。李尚志將門關好了之後，回過臉來向曼英笑著說道：

「你知道嗎？她現在成了我們的交通委員了。等明天她來時，你可以同她談一談國家大事……」

「真的嗎？！」曼英表示著無涯的驚喜。她走上前將李尚志的頸子抱著了。接著他們倆便向窗口走去。這時在天空裡被灰白色的雲塊所掩蔽住了的月亮，漸漸地突出雲塊的包圍，露出自己的皎潔的玉面來。雲塊如戰敗了也似的，很無力地四下消散了，將偌大的蔚藍的天空，完全交與月亮，讓它向著大地展開著勝利的，光明的微笑。

兩人靜默著不語，向那晶瑩的明月凝視著。這樣過了幾分鐘的光景，曼英忽然微笑起來了，愉快地，低低地說道：

「尚志，你看！這月亮曾一度被烏雲所遮掩住了，現在它衝出了重圍，仍是這般地皎潔，仍是這般地明亮！……」

十一

電子書購買

爽讀 APP

國家圖書館出版品預行編目資料

衝出雲圍的月亮：在革命的月光下，女性的自我價值與生之意義 / 蔣光慈 著 . -- 第一版 . -- 臺北市：崧燁文化事業有限公司, 2023.10
面； 公分
POD 版
ISBN 978-626-357-583-7(平裝)
857.7 112013120

衝出雲圍的月亮：在革命的月光下，女性的自我價值與生之意義

臉書

作　　者：蔣光慈
發 行 人：黃振庭
出 版 者：崧燁文化事業有限公司
發 行 者：崧燁文化事業有限公司
E-mail：sonbookservice@gmail.com
粉 絲 頁：https://www.facebook.com/sonbookss/
網　　址：https://sonbook.net/
地　　址：台北市中正區重慶南路一段六十一號八樓 815 室
Rm. 815, 8F., No.61, Sec. 1, Chongqing S. Rd., Zhongzheng Dist., Taipei City 100, Taiwan
電　　話：(02)2370-3310　　　傳　　真：(02) 2388-1990
印　　刷：京峯數位服務有限公司
律師顧問：廣華律師事務所 張珮琦律師

定　　價：299 元
發行日期：2023 年 10 月第一版
◎本書以 POD 印製
Design Assets from Freepik.com